태양은
피할 수 없다

余華中篇集(1986年, 此文獻給少女楊柳, 難逃劫數)
by Yu Hua(余華)

Copyright ⓒ Yu Hua(余華)
Korean Translation Copyright ⓒ MUNHAKDONGNE Publishing Corp., 2013

This Korean edition is published by arrangement with
Yu Hua, China through Carrot Korea Agency, Seoul.
All rights reserved.

이 책의 한국어판 저작권은 캐럿코리아 에이전시를 통해
Yu Hua와 독점 계약한 (주)문학동네에 있습니다.
저작권법에 의해 한국 내에서 보호를 받는 저작물이므로
무단 전재 및 무단 복제를 금합니다.

이 도서의 국립중앙도서관 출판예정도서목록(CIP)은
서지정보유통지원시스템 홈페이지(http://seoji.nl.go.kr)와
국가자료공동목록시스템(http://www.nl.go.kr/kolisnet)에서 이용하실 수 있습니다.
(CIP제어번호: CIP2013018789)

재앙은 피할 수 없다

위화
余華
소설 ── 조성웅 옮김

문학동네

차례

1986년 • 007

이 글을 소녀 양류에게 • 083

재앙은 피할 수 없다 • 149

1986년

一九八六年

여러 해 전, 어느 성실했던 중학교 역사 선생이 갑자기 실종되었다. 젊은 아내와 세 살배기 딸마저 버린 채 종적을 감춘 것이다. 그후 몇 년간 그의 아내는 혼란스럽고 불안한 상태로 지냈지만 점점 마음의 안정을 되찾았다. 그리하여 어느 무미건조한 일요일, 그녀는 다른 남자에게 시집을 갔고 딸의 성과 이름도 바꾸었다. 딸의 이름이 과거와 긴밀히 연결되어 있었기 때문이다. 그러고 나서 다시 십여 년이 흘렀다. 이제 그들의 삶은 과거의 고난과 멀어지고 평온해졌다. 옛일은 이미 연기처럼 흩어져서 제대로 기억하기조차 힘들었다.

그 시절 돌연히 실종된 사람은 그녀의 남편만이 아니었다. 실종자 가족들 중 몇몇은 문화대혁명이 끝난 후 더러 정확한 소식을 듣기도 했는데, 그 소식이란 게 모두 죽음을 알리는 내용이었다. 그녀가 들은 거라고는 남편이 잡혀간 그날 밤에 홀연히 사라졌다는 이야기뿐이었다. 그녀에게 그 말을 전해준 사람은 어느 가게 점원으로, 그는 예전에 집에 쳐들어왔던 홍위병 중 하나였다. 그 점원은 이렇게 말했다. "우리는 그 사람을 때리지 않았소. 그저 학교 행정실에 데려다놓고 진술서를 쓰게 했을 뿐이오. 그 사람한텐 감시자도 안 붙였지. 그런데 다음날 가보니 사라져버린 거요." 그녀는 남편이 잡혀간 다음날 새벽에 그 홍위병 무리가 남편을 잡으러 다시 쳐들어왔던 일을 떠올렸다. 점원이 덧붙여 말했다. "당신 남편은 평소에 우리한테 잘해주었소. 그래서 우리도 당신 남편을 괴롭히지 않았지."

얼마 전에 그녀는 딸과 함께 오래된 신문과 잡지를 고물상에 팔러 갔다가 어지럽게 널린 폐지 더미 속에서 누렇게 바래고 잔뜩 얼룩진 종이 한 장을 발견했다. 그래도 거기 적힌 내용은 똑똑히 알아볼 수 있었는데, 다음과 같았다.

선진시대: 포락炮烙, 부복剖腹, 참斬, 분焚……*

---

* 포락은 달궈진 구리통을 기어오르게 하는 형벌, 부복은 배를 가르는 형벌, 참은 목을 베어 죽이는 형벌, 분은 불살라 죽이는 형벌.

전국시대: 추륵抽肋, 거열車裂, 요참腰斬······**

요나라 초기: 활매活埋, 포척炮擲, 현애懸崖······***

금나라: 격뇌擊腦, 봉살棒殺, 박피剝皮······****

거열: 사람의 머리와 사지를 각각 수레 다섯 대에 묶은 후 말 다섯 마리가 동시에 각 수레를 끌게 하여 온몸을 찢는 것.

능지凌遲: 형을 집행하면서 칼로 살점을 조금씩 떼어내는 것.

부복: 배를 갈라 심장을 보는 것.

······

고물상은 말 그대로 난장판이었다. 낡은 돋보기안경을 쓴 조그만 늙은이가 저울 옆에 서 있었다. 다 큰 딸은 어머니가 고생하는 모습을 보고 싶지 않았는지 낑낑대면서 자신이 직접 신문과 잡지를 저울 위에 올렸다. 그러고는 손수건을 꺼내어 이마의 땀을 닦았다. 그 순간 딸은 등뒤에서 어머니가 폐지 더미 쪽으로 천천히 걸어가는 기척을 느꼈다. 그리고 고물상 늙은이의 눈동

** 추륵은 갈비뼈를 뽑아 죽이는 형벌, 거열은 수레로 몸을 찢는 벌, 요참은 작두로 허리를 잘라 죽이는 형벌.

*** 활매는 산 채로 땅에 묻는 벌, 포척은 불 속에 던지는 벌, 현애는 절벽에 매다는 형벌.

**** 격뇌는 뇌를 부수는 형벌, 봉살은 몽둥이로 때려 죽이는 형벌, 박피는 살아 있는 사람의 살갗을 벗기는 형벌.

자가 저울대를 따라 오르락내리락하는 게 우스워서 자신도 모르게 살짝 웃었다. 그런데 다음 순간 찢어질 듯한 비명 소리가 들렸다. 딸이 뒤돌아섰을 때 어머니는 이미 땅에 엎어져 있었고 의식까지 잃은 상태였다.

홍위병들은 그를 학교 행정실로 데려가 자리에 앉힌 다음 성실하게 진술서를 쓰라고 지시했다. 그러고는 그를 감시할 사람도 남기지 않고 모두 나가버렸다.

행정실은 꽤 넓었다. 두 개의 백열등이 너무 밝아서 눈이 시렸다. 지붕 위로 북서풍이 불었다. 그는 그렇게 한참을 앉아 있었다. 창백한 달빛 아래에서도, 북서풍의 날카로운 소리에도 꿈쩍않는 그 방처럼 묵묵히 자리를 지키고 있었다.

발을 씻고 있는 자신의 모습이 보였다. 아내는 침대맡에 앉아 딸을 지켜보고 있었다. 딸은 한쪽 팔을 이불 밖으로 삐죽 내민 채 잠들어 있었다. 아내는 그런 줄도 몰랐다. 넋을 놓고 있었다. 그날도 아내는 양 갈래로 땋은 다음 끝에 붉은 비단으로 나비매듭을 지은 머리를 하고 있었다. 그와 처음 만났던 날처럼, 마주 오던 두 사람이 어깨를 스치고 지나쳤던 그때처럼.

지금도 눈에 보이는 듯했다. 아름다운 붉은 나비 두 마리가 칠흑처럼 검은 갈래머리에 내려앉아 그의 눈앞에서 팔랑거리는 모습이.

　석 달 전쯤 그는 아내에게 외출을 금지했다. 아내는 그의 말을 따라 더이상 밖으로 나가지 않았다. 그 자신도 외출이 뜸해졌다. 그는 외출할 때마다 거리에서 빗자루나 변기 뚜껑을 품에 안고 다니는 사람들과 인양터우*를 한 여자를 보았다. 그는 아내의 고운 머릿결과 매혹적인 붉은 나비가 훼손될까봐 늘 두려웠다. 그래서 아내가 외출하지 못하게 막았던 것이다.

　거리 위로 하루종일 엄청나게 쏟아지는 눈이 보였다. 그 눈은 거리에만 내렸다. 거리를 걷던 사람들이 모두 허리를 굽혀 눈송이를 집어들고는 읽기 시작했다. 한 사람이 길가 우체통 앞에 죽어 누워 있었다. 흘러나온 피가 미처 응고되지 않은 채 선연했다. 전단지 한 장이 떨어져내리더니 시체의 얼굴을 반쯤 덮었다. 각종 고깔모자를 쓰고 온갖 패를 목에 건 채 거리를 누비던 사람들이 그 앞을 지나쳐갔다.** 그들은 죽은 이를 흘낏 쳐다보았지만 놀란 기색 하나 없었고 눈빛도 물처럼 평온했다. 마치 아침에 잠자리에서 일어나 자기 모습을 거울에 비춰보고 있기라도 하는

---

* 문화대혁명 당시에 모욕을 주던 방법 가운데 하나로, 머리칼을 반은 밀고 반은 남기는 것.
** 문화대혁명 당시, 반당(反黨)죄를 저질렀다고 지목된 사람들은 이름과 죄목이 적힌 고깔모자를 쓰거나 목에 패를 걸고 다녀야 했다.

듯했다. 그들 속에서 그와 함께 일하는 동료들의 얼굴을 보았다. 그는 곧 자기 차례일 거라고 생각했다.

발을 씻고 있는 자신의 모습이 보였다. 물이 점점 차가워지고 있었지만 조금도 느끼지 못했다. 아마도 다음은 그의 차례일 터였다. 그는 자신이 며칠 전부터 이유 없이 비명을 지르곤 했음을 깨달았다. 그때 아내가 고개를 외로 꼬고 멍한 눈으로 그를 바라보았다.

그는 그들이 들어오는 것을 보았다. 곧이어 집 안에 시끌벅적한 소리가 울려퍼졌다. 아내는 여전히 침대맡에 앉아서 멍하니 그를 바라보고 있었다. 그런데 딸이 깼다. 딸이 울자 자신이 무척 먼 곳에 있는 듯한 기분이 들었다. 길을 걷고 있는데, 창문이 꼭 닫힌 어느 집에서 딸의 울음소리가 들려오는 것 같은 느낌. 그 순간 그는 물이 완전히 차가워졌음을 깨달았다. 이윽고 시끌 벅적한 소음도 단순해졌다. 한 사람이 손에 종이 한 장을 쥐고 걸어왔다. 종이에 뭐라고 쓰여 있는지는 알 수 없었다. 그들이 종이를 보여주었다. 그는 자신의 필적을 확인했고 모호한 내용이 적혀 있는 것도 보았다. 곧이어 그들이 그를 일으켜세웠고 그는 맨발에 슬리퍼를 신고 거리로 나왔다. 북서풍이 땅 위에 바싹 붙어 불어왔다. 마치 수건으로 닦아낸 것처럼 바람이 그의 젖은 발을 말려주었다.

그는 책상 위에 놓인 한 무더기의 백지를 보면서 추위와 싸웠다. 잠시 백지를 들여다보다 주머니를 더듬었는데 볼펜을 두고 온 게 생각났다. 그는 벌떡 일어나서 다른 책상을 뒤졌다. 책상이란 책상은 다 뒤졌는데도 펜이 보이지 않았다. 할 수 없이 자리로 돌아와 앉았다. 자리에 돌아온 그는 책상 위에 두 개의 팔자국이 난 것을 발견했다. 그제야 그는 자신이 지난 석 달 동안 이곳에 오지 않았다는 사실을 떠올렸다. 책상 위에는 먼지가 수북이 앉아 있었다. 다른 교사들도 석 달간 이곳에 오지 않은 것 같았다.

자신과 많은 사람들이 사범학교 정문으로 들어서는 모습이 보였다. 동시에 많은 사람들이 학교 밖으로 걸어나가고 있었다. 그가 뒤적이던 두툼한 책도 보였다. 그 시절 그는 형벌에 각별한 관심을 가지고 몰두했었다. 학교를 떠난 다음 형벌에 대해 전문적으로 연구하려고 준비하고 있었던 것이다. 그는 사범학교 도서관에서 수많은 자료를 일독한 후 노트를 작성했다. 그런데 그 무렵 연애를 시작했다. 그 연애는 결국 성공하지 못했고 그 때문에 그의 형벌 연구도 끝을 보지 못했다. 졸업하고 나서 물건을 정리하다 그 노트를 발견했다. 그때 버리려고 했는데 어쩌다보니 잊고 말았다. 그는 지금에야 그때 버리지 않았다는 사실을 기억해냈다.

발을 씻고 있는 자신의 모습이 보였다. 또 사범대학에서 걷고 있는 자신도 보였다. 동시에 이곳에 앉아 있는 자신도 보였다. 그는 맞은편 벽에서 큰 그림자를 보았다. 머리가 농구공만큼이나 컸다. 그는 그렇게 자기 자신을 마주보고 있었다. 한참을 보고 있자니 그 그림자가 시커먼 동굴의 입구처럼 느껴졌다.

그가 있는 방 안으로 북서풍이 들어와 우렁차게 울부짖었다. 옷소매로도, 머리칼 속으로도 파고들어 울부짖었다. 울부짖는 소리가 마구잡이로 그의 뺨을 스치고 지나갔다. 그는 부들부들 떨기 시작했다. 추웠다. 바람의 울부짖음이 갈수록 날카로워졌다. 그래서 그는 고개를 옆으로 돌려 문을 보았다. 문은 단단히 잠겨 있었다. 그는 다시 창문을 보았다. 창문도 굳게 닫혀 있었다.

그는 방 안의 모든 유리창이 금방 닦은 것처럼 티끌 하나 없이 깨끗하다는 사실을 깨달았다. 그 유리들은 전부 모양이 다른 것 같았다. 그는 이해할 수 없었다. 책상 위에는 먼지가 수북하게 쌓여 있는데, 유리창은 이렇게 깔끔하다니. 그때 그는 깨진 유리창을 발견했다. 깨진 모양이 처량하기 이를 데 없었다. 그는 자신도 모르게 일어나서 깨진 유리창 쪽으로 걸어갔다. 처량함이 또다른 처량함을 향해 걸어가는 형국이었다.

창문 앞까지 걸어간 그는 경악했다. 그 깨진 유리가 방 안 창틀에 유일하게 남아 있는 유리였던 것이다. 다른 창틀은 죄다 텅 비어 있었다. 그는 자신도 모르게 손을 뻗어 깨진 유리의 가장자리를 만져보았다. 무척 거칠고 날카로웠다. 잠시 후 손가락 끝에서 뜨거운 것이 살짝 솟아나는 게 느껴졌다. 손을 댔을 때 유리가 조각조각 아래로 부서져내리는 것을 그는 보았다. 맑고 깨끗한 파열음을 듣자 그의 마음도 부서지듯 아팠다. 창틀에는 작은 세모꼴의 유리조각 하나만 남았다.

갑자기 가죽구두 한 켤레가 자신을 향해 흔들흔들 다가왔다가 다시 멀어지는 게 보였다. 그는 내뻗었던 손을 얼른 거두어들였다. 자신의 심장이 쿵쿵 세차게 뛰는 소리가 들렸다. 구두가 조용히 왔다갔다하는 모습을 보면서도 그는 꼼짝 못하고 그 자리에 서 있었다. 이어서 바지 밑단이 보였다. 구두 위를 덮은 바짓단이 좌우로 나풀거리고 있었다. 그는 거칠게 창문을 열어젖혔다. 그러자 뻣뻣하게 굳은 채 매달려 있는 시체가 보였고, 그와 동시에 찢어질 듯한 비명이 들렸다. 소리는 왼쪽 앞에서 들려오고 있었다. 그는 어둠 속에서 정체불명의 나무와 그 나무 아래 정체불명의 사람 그림자를 보았다. 그림자가 지면에서 이탈하더니 불안하게 헐떡거리는 숨소리가 들려왔다. 금방이라도 숨이 끊어질 듯 헐떡이는 그 소리가 그의 귀에까지 전해져왔다. 한참 뒤 그는 그림자가 "당신이군" 하고 웅얼거리는 낮은 목소리를 들은 듯했다. 다음 순간 그림자가 두 팔을 들어 동그라미를 만들고 거기에 머리를 쑤셔넣는 것 같았다. 잠시 후 걸상이 발에 차여 쓰러지는 소리가 들렸다. 숨이 막히는 듯한 낮은 목소리도 잇달아 들렸다. 그는 창문턱에 기대어 천천히 쓰러졌다.

한참 뒤, 야수가 울부짖는 듯한 소리가 조금씩 들려왔다. 소리는 느릿느릿 퍼지며 가까이 다가오더니 이내 거대한 파도처럼 덮쳐왔다.

그는 벌떡 일어섰다. 그러고는 숨을 죽이고 귀를 기울였다. 방 밖에서 귀신 울음 같기도 하고 늑대의 울부짖음 같기도 한 소리가 들렸다. 야수 한 무리가 그를 포위하고 있는 것 같았다. 그 소리가 그를 묘하게 흥분시켰다. 그는 방 안에서 손을 휘저으며 왔다갔다하면서 미칠 듯한 흥분을 울부짖음으로 표출했다. 그는 당장이라도 뛰쳐나가서 함께 울부짖고 싶었다. 그러나 어느 방향으로 뛰어나가야 할지 알 수 없었다. 바깥에서 들려오는 울부짖는 소리가 점점 커지고 있었다. 그는 마음이 다급해져 어쩔 줄 모르고 쩔쩔맸다. 그가 할 수 있는 일이라고는 방 안에서 뛰면서 울부짖는 것뿐이었다. 결국 그는 지쳐서 그 자리에 털썩 주저앉아 숨을 헉헉 몰아쉬었다.

그때 벽에 있는 그림자가 보였다. 그림자를 보고 있자니 그 검은 동굴 속으로 뛰어들어가고 싶은 마음이 생겼다. 그래서 벌떡 일어나 검은 동굴로 돌진했는데 갑자기 앞의 무언가에 부딪혔다. 그는 더 나아갈 수 없었다. 검은 동굴이 금세 작아지는 게 보였던 것이다. 의문이 든 그는 원래 있던 자리로 물러서서 잠시 머뭇거리다가 천천히 발걸음을 옮겼다. 이번에는 검은 동굴이 천천히 작아졌다. 벽 앞에 도착했을 때 그 검은 동굴은 그와 비슷한 크기가 되어 있었다. 그는 의심스러운 눈초리로 한참을 확인한 후에야 검은 동굴이 더이상 작아지지 않을 것임을 확신했다. 검은 동굴은 여전히 그의 앞에 있었다. 그는 다시 한번 돌진했다. 그리고 땅에 엎어졌다.

순간 한줄기 광풍이 불어와 문을 열어젖혔다. 문은 연거푸 벽을 때리면서 우두둑우두둑 뼈가 부러지는 듯한 소리를 냈다. 벌떼처럼 문가로 몰려온 바람이 방 안으로 들어오더니 빠르게 휘돌기 시작했다.

그는 어질어질한 상태로 바닥에서 일어났지만, 얼른 정신을 차리지 못하고 문 앞에 잠시 서 있었다. 이윽고 직사각형의 검은 동굴이 눈에 들어왔다. 그는 동굴을 향해 조심스럽게 발걸음을 옮겼다. 동굴 바로 앞까지 걸어갔을 때 그는 다시 의구심을 가졌다. 동굴이 작아지지 않았기 때문이다. 이번에는 머리부터 돌진하지 않고 손가락 하나를 조심스럽게 앞으로 내밀었다. 손가락이 동굴 안으로 들어간 것 같았다. 다음엔 팔을 동굴 안으로 집어넣었다. 그리고 몸을 옆으로 틀고는 더 조심스럽게 동굴을 비집고 들어갔다. 그는 드디어 탈출했다고 생각했다. 칠흑처럼 어둡고 비교할 수 없이 넓은 공간에 들어온 느낌이었기 때문이다.

아까의 울부짖음이 더 격렬해졌다. 그래서 그도 더 격하게 울부짖기 시작했다. 그는 벌떡 일어나 소리가 나는 쪽으로 달렸다. 다양한 크기와 모양의 검은 그림자가 앞길을 가로막았지만 그는 교묘하게 그것들을 피해 지나갔다. 잠시 후 그는 큰길로 뛰어들었다. 걸음을 멈추고 소리가 들려오는 방향을 가늠하기 시작했다. 소리는 여기저기서 들끓어오르는 것 같았다. 한순간 그는 갈팡질팡하며 어디로 가야 할지 정하지 못했다. 곧 남동쪽에서 하늘을 찌를 듯 솟구쳐오르는 불빛이 보였다. 마치 저녁놀 같았다. 그는 불빛 쪽으로 달려갔다. 달려갈수록 소리는 커졌다. 목적지에 도착하자 울부짖는 소리가 도처에서 들려왔다.

거대한 건물 한 채가 훨훨 불타고 있었다. 그는 화염 속에서 몸을 비틀어대는 무수한 사람들을 보았다. 그들은 온갖 자세로 건물에서 떨어지고 있었다. 다리 위에 서 있던 그는 발을 동동 구르면서 울부짖었다. 그러고는 미친 듯이 웃음을 터뜨렸다. 사람들이 비 오듯 떨어지고 난 뒤 고층 건물은 사라지고 오로지 활활 타오르는 화염만 남았다. 그는 이 광경을 보고 평소와는 다른 흥분을 느꼈다. 그는 다리 위에서 죽어라 고함을 지르며 펄쩍펄쩍 뛰었다. 엄청난 굉음이 들렸다. 불이 돌연 잦아들며 넓게 퍼졌다. 그러더니 그를 향해 점점 다가왔다. 불은 물처럼 느리게 흘러왔다. 그 순간 그는 피로를 느꼈다. 바로 다리 난간에 앉은 그는 더이상 소리를 지르지도, 뛰지도 않았다. 그러나 여전히 흥미롭게 그 불을 지켜보았다. 불은 천천히 갈라지기 시작하더니 작은 덩어리로 나뉘었다. 그는 불기운이 점점 사그라지는 것을 계속 지켜보았다. 불기운이 다 사그라지고 나자 그는 난간에서 내려온 다음 뒤돌아 걷기 시작했다. 하지만 몇 걸음 걷다 말고 다시 다리로 되돌아갔다. 그리고 잠시 그 자리에 서 있다가 다시 자리를 떴다. 그렇게 그는 다리 위에서 오락가락했다.

여명이 밝았다. 칠흑처럼 어둡던 동쪽에서 아침놀이 번져나왔다. 해는 아직 뜨지 않았지만 한줄기 붉은 빛이 이미 타오르기 시작했다. 그는 먼 곳에서 타오르는 불길을 보고 고함을 질렀다. 그러고는 괴성을 내지르며 그곳을 향해 내달렸다.

고물상에서 돌아온 후 그녀는 정신이 흐릿해지기 시작했다. 그날 밤 그녀는 괴이한 발소리를 들었다. 달빛도 없고 밖은 어두컴컴하고 괴괴한데, 그때 멀리서 스르륵 걸어오는 발소리가 들렸다. 땅을 스치며 걸어오는 소리 같기도 하고 허공을 밟고 오는 소리 같기도 했다. 그 소리는 시종일관 가까이 다가오지 않고 멀리에 떨어져 있었다. 그러나 그녀는 이미 알아챈 뒤였다. 그것이 누구의 발걸음인지.

그후 며칠 동안 밤이면 그 발소리가 끊이지 않았다. 그녀는 그 소리만 들으면 크게 놀라 넋이 나갔다. 심장과 폐가 찢어지도록 괴성을 내질렀다.

남편이 끌려간 것도 그렇게 칠흑 같은 밤이었다. 홍위병들이 갑자기 집 안으로 뛰어들던 장면과 남편이 슬리퍼 바람으로 끌려가며 멀어지던 소리가 그날 밤의 기억과 함께 계속 뇌리에 남아 있었다. 그리고 십여 년이 지났다. 십여 년 동안 매일같이 밤은 이렇게 컴컴했다. 어두운 밤마다 그녀는 두려움에 사로잡혔다. 그렇게 십여 년을 애써 묻어두었던 그 어두운 밤이 다시 나타났다.

그날 그녀는 딸과 거리를 걷다가 문득 햇빛 아래 검게 뻗어 있는 자기 그림자를 보았다. 그림자를 본 그녀는 자신도 모르게 비명을 질렀다. 그 어두운 밤이 결국 그렇게 나타났던 것이다.

1

그는 절뚝거리며 이 작은 마을에 들어섰다. 때는 초봄이었다. 일주일 전 온 마을을 당장이라도 묻어버릴 것처럼 봄눈이 한바탕 크게 내렸다. 그러나 일주일 내내 햇볕이 내리쬐었고, 눈은 며칠 안 가 다 녹아버렸다. 이제 응달진 곳에만 눈이 약간 남았을 뿐 도처에 봄기운이 완연했다. 며칠 동안 온 마을에 물방울 떨어지는 소리가 흘러넘쳤다. 따스한 햇볕 아래 연주되는 음악처럼 무척 아름답고 기분 좋은 소리였다. 눈 녹는 소리를 들으면 마음이 가볍고 유쾌해졌다. 밤마다 빛나는 뭇별들을 본 사람은 이튿날 눈앞에 찬란한 풍경이 펼쳐질 것임을 믿어 의심치 않았다.

그리하여 겨우내 굳게 닫혔던 창문들이 차례로 열렸다. 소녀의 입술도, 갓 움튼 꽃망울도 하나둘 열리기 시작했다. 이제 북서풍은 불지 않았고, 뼈가 에일 듯 차갑던 바람도 자취를 감추었다. 따스한 습기를 머금은 남동풍이 불기 시작한 것이다. 이 바람을 맞은 이들의 얼굴에선 윤기가 흘렀다. 사람들은 집 밖으로 걸어나왔고, 두툼한 외투도 벗어버렸다. 봄 거리에 나온 사람들은 목도리를 두르고 있었지만, 추위를 막기 위해서가 아니라 멋을 내기 위해서였다. 속옷 안의 바싹 움츠러들었던 피부도 서서히 이완되었고, 주머니에 찔러넣었던 두 손에서도 슬며시 땀이 배어나왔다. 어떤 이들은 두 손을 쭉 내밀고 손 위로 햇빛의 움직임을, 손가락 사이로 장난스럽게 미끄러지는 봄바람을 느꼈다. 사람들은 강기슭의 칙칙하던 버드나무가 연둣빛으로 물드는 것도 보았다. 이 모든 게 일주일 사이에 생긴 변화였다. 거리에

선 자전거 벨소리가 눈부신 햇살처럼 울려퍼졌고, 사람들의 발소리와 목소리는 파도처럼 생동감이 넘쳤다.

그는 바로 그 무렵 마을에 들어섰다. 폭포수처럼 내려뜨린 머리채가 허리께에서 흔들렸다. 가슴까지 늘어진 수염은 얼굴의 삼분의 이를 가리고 있었다. 눈은 퉁퉁 붓고 눈동자는 탁했다. 그런 모습으로 절룩이며 마을에 들어온 그는 무릎 아래로 실만 몇 가닥 남아 나풀거릴 정도로 심하게 해진 바지를 입고 있었다. 벌거벗은 윗몸에는 마대를 걸치고 있었다. 아무것도 신지 않은 두 발이 노안을 연상시켰다. 발에 기다랗게 난 흉터는 깊게 팬 주름 같았고, 흉터에는 시커먼 때가 잔뜩 껴 있었다. 발이 어찌나 큰지, 그 발로 땅을 내디디면 마치 따귀를 때리는 듯한 소리가 났다. 그도 다른 사람들처럼 봄기운 속으로 들어섰다. 사람들은 그를 보기는 했지만 아무도 신경쓰지 않았다. 사람들은 그를 보자마자 잊었다. 그저 봄기운을 만끽하며 즐겁게 거리를 거닐 뿐이었다.

처녀들은 예쁜 핸드백 속에 화장품을 넣은 다음 충야오의 소설도 챙겼다. 고즈넉한 밤이 오면 그녀들은 거울 앞에 앉아 화장을 했다. 곱게 화장을 마친 다음에는 충야오의 소설을 끄집어들었다. 그녀들은 자기 몸에서 풍기는 향기를 맡으며 책 속의 주인공과 연애를 했다.

청년들의 주머니에는 말보로와 굿컴패니언 담배가 가득했다. 날이 저물기 전부터 거리에 나온 그들은 늦은 밤까지 거리에 있었다. 그들도 충야요를 좋아했다. 그들은 거리에서 충야요의 책에 나오는 여주인공을 찾아 헤맸다.

처녀들이 집에 얌전히 있지 못하는 것처럼 청년들은 거리를 한가로이 거닐지 못했다. 그들은 영화관, 노조모임, 야간학교로 몰려다녔다. 야간학교의 책상에 앉는 것은 수업이 아니라 연애 때문이었다. 그들의 눈은 대부분 칠판에 가 있지 않고 이성을 찾아다녔다.

노인들은 여전히 찻집에 앉아 있었다. 그들은 하루종일, 십 년, 아니 수십 년을 그렇게 앉아 있었다. 그러고도 그들은 계속 앉아 있으려 했다. 이미 죽을 나이를 넘긴 지 오래다. 그들은 그렇게 앉아 있다는 것만으로도 마치 처음 걸음을 뗄 때처럼 흡족해했다.

노파들은 집 안에서 텔레비전을 보며 앉아 있었다. 그들은 대부분 무슨 프로가 나와도 이해하질 못했다. 아는 것이라고는 스크린 속에서 사람이 오락가락한다는 사실뿐이었다. 사람이 그렇게 들고나는 것만으로도 그들은 충분히 만족스러워했다.

창문을 활짝 열고 밖을 보라. 저 길을 따라 걷다보면 곧 두 갈래 길이 나타난다. 무언가를 보고 듣게 될지도 모르고 마음속에 무언가가 떠오를지도 모른다.

십여 년 전에 닥쳤던 그 크나큰 불행은 이미 연기처럼 사라지고 없었다. 벽에 쓰여 있던 구호들은 여러 번 회칠을 한 덕분에 완전히 지워졌다. 거리에서는 과거를 찾아볼 수 없었다. 볼 수 있는 건 오직 현재뿐이었다. 수많은 사람들이 생기발랄하게 걷고, 셀 수 없이 많은 자전거가 벨을 울려대며, 엄청난 수의 자동차들이 먼지를 일으켰다. 커다란 확성기를 단 승합차가 천천히 달리고 있었다. 확성기로 가족계획을 홍보하며 피임 방법을 설명했다. 또다른 승합차가 천천히 다가오면서 교통사고가 우리의 생활에 미치는 불행에 대해 홍보했다. 길가에는 여전히 현수막들이 걸려 있었다. 현수막 속 그림과 사진이 사람들의 주의를 끌었다. 이제는 인구가 많으면 문제가 생긴다는 사실을 알고 있었다. 여러 차례에 걸친 홍보로 많은 이들이 피임법을 확실하게 이해했다. 사람들은 이제 교통사고의 위험도 알고 있었다. 사람이 많으면 문제가 생긴다는 걸 알지만 산 사람은 즐겁게 살아야 했다. 교통사고로 죽을 수는 없었다. 사람들은 중학생들이 그들의 일요일을 희생해가며 다리 옆과 교차로에 서서 교통정리를 하는 모습을 보았다.

그는 바로 그 순간 나타났다. 그는 절뚝거리며 작은 마을로 들어섰다.

그는 자기 앞에 한 사람이 누워 있는 것을 보았다. 바로 그의 발 앞이었다. 그 사람은 자신과 발을 맞대고 있었다. 그는 누워 있는 사람의 발을 걷어차려 했다. 그런데 누워 있는 사람의 발이 갑자기 오그라들었다. 그가 발을 땅에 내려놓자 그자가 또 발을 쭉 뻗어 그의 발에 맞대었다. 그는 흥분하기 시작했다. 그래서 살며시 발을 다시 들어올렸다. 그와 동시에 땅 위에 있던 발이 다시 오그라들었다. 그자가 자신을 경계한다고 생각한 그는 발을 든 채 동작을 멈췄다. 그자도 발을 든 채 동작을 멈췄다. 이것을 본 그는 그자의 허리를 냅다 걷어찼다. 그는 묵직한 신음 소리를 듣고 그자를 보았는데, 누워 있는 사람은 멀쩡해 보였고, 그자의 발은 여전히 자기 발과 붙어 있었다. 그는 버럭 화가 치밀었다. 그래서 눈을 질끈 감고 있는 힘껏 앞으로 내달리기 시작했다. 한참을 달린 후 눈을 떠보니 그자는 여전히 그의 앞에 누운 채였다. 방금 전 모습 그대로였다. 그는 완전히 기가 꺾였다. 이제 그는 어쩔 수 없다는 듯 사방을 두리번거렸다. 그때 햇빛이 그의 등을 비추었다. 몸에 걸친 마대가 햇빛을 받아 거칠거칠하게 빛났다. 그는 오른쪽 앞에 있는 짙은 녹색 연못을 보고 잠시 생각에 잠기는가싶더니 그의 얼굴 위로 바보 같은 웃음이 떠올랐다. 그는 조용히 녹색 연못 쪽으로 발걸음을 옮겼다. 그는 누운 사람의 몸이 살짝 비틀리는 것을 보았다. 그는 조심조심 다가 갔다. 비스듬히 누워 있던 사람은 도망도 가지 않고 그저 땅 위에서 몸을 질질 끌며 연못 쪽으로 기어갔다. 둘의 거리가 좁혀졌다. 그때 그자가 자신의 머리를 연못에 넣더니 온몸을 마저 집어넣었다. 그는 연못가에 서서 그자가 가라앉지 않고 물에 떠 있는 모습을 지켜보다 허리를 굽혀 큰 돌 한 무더기를 집어들어 그자에게 던졌다. 그는 그자가 돌에 맞아 피범벅이 된 모습을 보고 나서야 만족스러워하며 뒤돌아섰다. 금빛 햇살이 강렬하게 비치자 머리가 어지럽고 눈이 핑핑 돌았다. 하지만 눈을 감지 않았다. 오히려 고개를 빳빳이 처들었다. 그래서 그는 피를 뿜어내는 눈부신 해를 보게 되었다.

그는 고개를 처든 채 저 위 구름 끝에 걸린 해를 향해 걸었다. 그는 해가 뒤로 물러나 하얀 구름 뒤로 숨는 것을 보았다. 그러자 흰 구름이 번쩍하며 빛을 뿌렸다. 그것은 천천히 불타오르는 솜뭉치였다.

그 순간 그는 들고 있던 고개를 내렸다. 그러자 그의 시야 속으로 거대한 장애물이 들어왔다. 그는 방금 전까지 끝없이 펼쳐지던 들판을 볼 수 없게 되었다. 곧 작은 마을에 들어섰기 때문이다.

그는 갑작스레 등장한 이 거대한 장애물이 무덤이라고 생각했다. 그는 그 장애물 위로 어슴푸레한 햇빛이 물처럼 사방으로 엷게 퍼지는 모습을 바라보았다. 자세히 살펴보니 여러 가지 형상이 함께 뭉쳐서 그의 시야를 가로막고 있었다. 그것들 사이로 흥미로운 틈이 무수하게 나타났다. 마치 누군가가 톱질을 해놓은 것처럼 보였다. 먼지가 흩날리듯 햇빛이 아무 소리도 냄새도 없이 떨어져내렸다.

그는 달아난 태양을 뒤쫓는 걸 포기하고 회백색 길을 따라 걸었다. 길 양쪽에 늘어선 오동나무 가지들이 서로 빽빽하게 얽혀 있었다. 햇빛이 나뭇잎에 가로막혀서인지 시멘트 길의 핏기 없는 무력감이 두드러져 보였다. 마치 신선한 백골이 가로누워 있는 것 같았다. 따가운 햇볕에서 벗어나 이런 길을 걸으니 음침한 동굴로 걸어들어가는 기분이 들었다. 그는 멀지 않은 곳에 걸린 머리통 두 구를 보았다. 머리통들은 이미 피가 다 빠져 창백해진 상태였다. 자세히 살펴보니 가로등 같았다. 사방이 어두워지기 시작하자 머리통들이 돌연 빛을 뿜어냈다. 머리통 가득 선혈이 흐르고 있었다.

비슷한 용모의 몇 사람이 그를 마중 나왔다. 그들은 모두 무뚝뚝한 태도로 일관했다. 그때 괴이한 소리가 들리더니 이윽고 나란히 걸어가는 두 사람이 보였다. 그들은 그의 앞에 멈춰 서더니 꼼짝도 하지 않았다. 그래서 그도 가만히 서 있었다. 방금 전의 그 소리가 사방으로 흩뿌려지는 것처럼 느껴졌다. 그는 앞에서 절름발이가 걸어가는 것을 보았다. 절름발이의 걸음걸이가 그의 눈길을 끌었다. 함께 걷던 다른 사람들에 비해 절름발이의 걸음걸이는 무척이나 생기 있어 보였다. 그 때문에 그는 앞서 가던 두 사람을 밀치고 절름발이를 따라 걷기 시작했다.

곧 그는 주위가 갑자기 뜨거워지는 느낌을 받았다. 온 사방이 황금빛으로 물들었다. 방금 전에 보았던 어두운 빛깔의 사람 몸뚱이가 그 순간 번쩍 빛을 발했다. 무심결에 고개를 들자 빛나는 머리통이 눈에 들어왔다. 그는 방금 전에 보았던 장애물이 실은 건물이라는 걸 알아보았다. 활짝 열린 창문과 대문이 보였기 때문이다. 수많은 이들이 문을 드나들고 있었다. 그곳에서 나온 사람 중 어떤 사람들은 멀리 가버리고, 어떤 이들은 그를 스쳐지나가고 있었다. 그는 달큰한 냄새를 맡았다. 도살장 창문을 통해 흘러나오는 듯했다. 그는 그 냄새를 마음껏 들이마시면서 거닐었다.

그리고 그는 강가로 걸어갔다. 햇빛 때문에 강물 색이 푸른 듯하면서도 노랬다. 그는 꼭 고름이 흐르는 듯한 그 강물을 바라보았다. 배가 몇 척 떠 있는 모습이 마치 시체가 떠 있는 것 같았다. 그는 버드나무를 바라보았다. 늘어진 가지가 길게 늘어뜨린 머리카락처럼 보였다. 그 머리카락 중 몇 가닥은 무척 거칠고 길었다. 그는 앞으로 걸어간 다음 버드나무 가지 하나를 잡아서 자기 머리칼과 비교해보았다. 그러다가 가지 하나를 끊어 곧게 잡아 편 다음 땅에 놓았다. 자기 머리칼도 한 가닥 끊어서 곧게 펴서 땅에 놓았다. 그러고는 한참 동안 진지하게 비교해보았지만 결국은 실망만 했다. 그래서 그는 그 자리를 떠나 큰길로 향했다.

그는 갈래머리가 자기 쪽으로 나부끼는 것을 보았다. 갈래머리에 앉은 붉은 나비 두 마리가 그에게 날아들고 있었다. 그의 마음속에서 기괴한 생각이 솟구쳤다. 그는 자신도 모르게 갈래머리를 맞이하러 걸어나갔다.

포목점은 문전성시를 이루었다. 봄이 사람들에게 색에 대한 갈망을 불러일으킨 탓이었다. 형형색색의 천들을 늘어뜨린 포목점들이 사람들 말소리로 붐비기 시작했고, 그 목소리도 각양각색이었다. 손님들 중 반 이상은 스무살 안팎의 여자들이었다. 색에 대한 그들의 갈망은 곧 애정에 대한 갈망이었다. 손님 중에는 그들의 어머니들도 있었다. 어머니들은 다채로운 색깔을 자신의 딸을 지켜보듯, 혹은 이미 오래전에 사라져버린 자신의 청춘을 회상하듯 바라보았다. 이곳에서 두 세대는 기쁨을 공유했다.

그녀는 이루 말할 수 없는 기쁨을 느끼며 안에서 걸어나왔다. 그녀의 왼쪽에는 친구가 있었다. 갈래머리가 가볍게 흔들렸다.

원래 그녀는 머리를 땋지 않고 늘어뜨리고 다녔었다. 그러다 바로 어제 머리를 두 갈래로 땋았다. 젊은 시절 어머니의 사진을 보았기 때문이다. 사진에서 갈래머리를 한 어머니는 유난히 고와 보였다. 그래서 그녀도 머리를 두 갈래로 땋았다. 그녀는 깜짝 놀랐다. 갈래머리를 붉은 나비매듭으로 묶고 나니 더 놀라웠다. 그녀는 더할 나위 없이 기쁜 마음으로 외출에 나섰다. 그녀의 기쁨 중 반은 포목점에서, 나머지 반은 뒤에서 살며시 흔들리는 갈래머리에서 비롯되는 것이었다. 그녀는 갈래머리가 흔들릴 때마다 두 마리 붉은 나비가 팔랑팔랑 춤춘다는 걸 알았다.

맞은편에서 미치광이가 걸어오고 있었다. 미치광이의 차림새를 본 그녀는 놀라고 두려웠다. 미치광이는 그녀를 보고 괴상한 웃음을 지으면서 침을 흘렸다. 그녀는 비명을 내지르며 도망쳤다. 그녀의 친구도 함께 내달렸다. 두 사람은 한참 달려 모퉁이를 돈 다음에야 걸음을 멈췄다. 그리고 얼굴을 마주보며 깔깔거렸다. 온몸을 흔들며 웃었다.

그녀의 친구가 말했다. "봄이 오니까 미치광이도 왔네."

그녀는 고개를 끄덕였다. 그리고 친구와 헤어졌다. 헤어지기 전에 무척 다정하게 손을 한번 맞잡고는 각자의 집으로 돌아갔다.

그녀의 집은 코앞이었다. 햇빛이 가득하고 온갖 소리로 떠들썩한 거리에서 스무 걸음을 가면 시계방이 나왔다. 시계방 안에서는 시계가 반짝였다. 그 시계방엔 늙은이 하나가 수십 년을 한결같은 자세로 자리를 지키고 있었다. 돋보기를 쓴 이 늙은이가 보이는 순간 바로 모퉁이를 돌면 골목에 들어설 수 있었다. 골목에는 햇빛이 가득했고 거기서 스무 걸음만 걸으면 건물이 하나 보였다. 그녀는 자기 집의 열린 창문이 반짝이는 것을 보았다. 왠지 모르게 갑자기 마음이 무거워졌다. 집에 가까이 갈수록 더 무거워졌다.

어머니는 창백한 얼굴로 혼자 집에 있었다. 그녀는 어머니가 또 환각에 빠졌음을 알아차렸다. 어머니는 요즘 계속 그런 상태였다. 어머니가 출근하지 않은 지 벌써 사흘째였다.

그녀는 어머니에게 물었다. "어젯밤에도 발소리가 들렸어요?"

어머니는 미동조차 없었다. 한참 뒤에야 머리를 들었는데 두 눈에는 공포가 가득했다.

"아니. 지금 들려." 어머니가 말했다.

어머니 뒤에 잠시 선 그녀는 심란하고 속상했다. 그래서 창문 쪽으로 걸어갔다. 거기 서면 거리가 보였다. 그녀는 그 거리에서 기쁨을 찾을 수 있었다. 그러나 이번에 그녀가 본 것은 머리칼을 허리께까지 늘어뜨리고 마대를 윗몸에 뒤집어쓴 채 절뚝거리는 어떤 사람의 뒷모습이었다. 갑자기 몸이 부들부들 떨리고 구역질이 났다. 그녀는 얼른 창문에서 물러났다. 그때 계단에서 소리가 들렸다. 무척 익숙한 소리였다. 십여 년간 조금도 달라지지 않은 소리였다. 그녀는 아버지가 왔다는 걸 깨달았다. 흥분한 그녀는 바로 달려가 활짝 문을 열었다. 소리가 갑자기 커졌고 점점 더 가까워졌다. 그녀는 머리가 하얗게 센 아버지를 보았다. 그리고 무척 기쁜 나머지 소리 지르며 아버지를 맞으러 달려나갔다. 아버지는 미소를 지으며 손으로 가볍게 그녀의 머리를 토닥였다. 그러고는 그녀와 함께 집으로 들어왔다.

그녀는 아버지의 따뜻한 손길을 느꼈다. 자신에게 아버지는 이 사람뿐이라고 생각했다. 그녀는 일곱 살 때를 기억한다. 한 어른이 그녀에게 다가와 고무공을 건네주었다. 어머니가 그녀에게 말했다. "이분이 네 아버지다." 그때부터 모녀는 그와 함께 살았다. 그는 매일 친절과 따뜻함을 베풀었다. 그러나 얼마 전부터 어머니가 창백한 얼굴로 말하기 시작했다. "매일 밤 네 아버지가 걸어오는 발소리가 들려." 그녀는 경악했다. 어머니가 말한 것이 다른 아버지라는 것을 알았을 때는 두려움까지 일었다. 다른 아버지는 무척 낯설고 혐오스러웠다. 그녀는 마음속으로부터 그가 오는 것을 거부했다. 그가 자신과 지금의 아버지 사이에 끼어들 것이라고 생각했기 때문이다.

경쾌하던 아버지의 발걸음이 집 안으로 들어서자 갑자기 무거워지기 시작했다. 그 순간 어머니가 고개를 들고 불안에 떨면서 아버지를 바라보았다. 그녀는 어머니의 안색이 갈수록 창백해지고 있음을 깨달았다.

2

그때는 이미 해가 지고 어스름해져서, 하늘도 어두워지고 있었다. 커다란 마스크를 쓴 환경미화원이 쓰레기 한 무더기를 치우고 있었다. 시멘트 바닥을 쓰는 소리가 옷을 솔질하는 소리 같았다. 어스름 속에서 먼지가 심하게 날렸다. 거리에는 인적이 드물었다. 불이 켜지기 시작하는 창문들에서 열기가 올라왔다. 그 안에서 사람 소리가 어렴풋이 흘러나왔다. 길가에 자리한 상점에서 불빛이 거리로 쏟아져나와 물처럼 흘렀다. 가판대 앞에서 하는 일 없이 멀뚱히 서 있던 판매원의 그림자가 길 위에 길게 드리워졌다. 환경미화원은 주머니에서 성냥을 꺼내 쓰레기 더미에 불을 붙였다.

그는 선혈 한 무더기가 훨훨 타오르면서 어둡던 사방이 살짝 밝아지는 것을 보았다. 그 피가 사방으로 후드득 튀면서 몇 방울이 얼굴에 묻는 게 느껴졌다. 피는 불똥처럼 뜨거웠다. 그 순간 그는 들고 있던 쇠몽둥이를 단단히 쥐고는 앞으로 쑥 내밀었다

바로 거둬들였다. 삽시간에 쇠몽둥이가 달아오르는 게 느껴졌다. 쇠몽둥이를 쥔 손도 뜨거워졌다. 그때 몇 사람이 그가 있는 쪽으로 조심스럽게 걸어왔다. 그래서 그는 필사적으로 쇠몽둥이를 허공에 휘두르기 시작했다. 그는 반짝이는 한 무리의 붉은 빛을 본 듯했다. 그들은 여전히 조심스럽게 다가오고 있었다. 그들이 달아나지 않는 것은 감히 그럴 수 없기 때문이었다. 그래서 그는 몽둥이 휘두르는 걸 멈추고 다가오는 사람들을 몽둥이로 찔렀다. 그는 길게 이어져 영원히 멈추지 않을 것 같은 '칙ㅡ' 하는 소리를 들었다. 동시에 흰 연기가 솟구치는 모습을 본 것 같기도 했다. 그다음 그는 쇠몽둥이를 시커먼 먹물에 담갔다 꺼냈고, 아까 찌른 상처에도 먹물을 발랐다. 새빨간 상처가 바로 시커멓게 변했다. 행인들이 조심스럽게 걸어서 지나갔다. 미치광이는 만족스럽다는 듯 외쳤다. "묵墨*!"

행인들은 걸어가면서 그 미치광이를 똑똑히 보았다. 미치광이는 손을 불구덩이에 집어넣었다가 뜨거웠는지 얼른 뺐다. 행인들은 다시 미치광이가 팔을 어떻게 휘두르는지, 그런 다음에는 어떻게 그들에게 손가락질을 하는지 지켜보았다. 또 미치광이가

---

* 중국에서 행하던 오형(五刑) 가운데 하나. 죄인의 얼굴이나 몸의 다른 부위에 죄명을 문신하는 형벌.

허리를 굽히고 손가락을 길가에 고인 물웅덩이에 담갔다가 다시 빼내어 자신들을 향해 손가락질하는 모습도 보았다. 마지막에는 미치광이가 내지르는 괴상한 고함까지 들었다.

사람들은 그 모든 것을 듣고 보았지만 미치광이를 상대할 정도로 한가롭지 못했다. 사람들은 그냥 그렇게 지나갔다.

때로 모든 곳이 아직 적막 속에 있을 때, 영화관이 가장 먼저 붐비기 시작하기도 했다. 영화관 앞에 있는 작은 공터는 이미 무수한 다리들이 차지하고 있었고, 또다른 무수한 다리들이 멀리서 걸어오고 있었다. 그리고 그 다리들이 다시 거리를 차지하곤 했다. 영화는 아직 상영 전이었다. 주머니 안에 영화표가 있는 사람은 담배를 피웠고 영화표가 없는 사람은 수다를 떨었다. 영화표가 없는 사람은 모두 손에 지폐를 들고 영화관으로 들어서는 사람들한테 흔들어댔다. 매표소 창구에는 벌써 '매진' 팻말이 내걸렸는데도 여전히 많은 이들이 비집고 들어왔다. 혹시라도 창구가 열리면 남은 표라도 몇 장 얻을 생각인 듯했다. 사람들의 발밑에 단추들이 어지럽게 널려 있었다. 그 단추들은 방금 전 그들이 이곳에서 표를 구하려고 얼마나 애썼는지 보여주는 흔적이었다. 그때 몇 사람이 주머니에서 영화표를 꺼내들고 상영관 안으로 들어갔다. 그들은 들어가면서 표를 구하지 못한 사람들에게 먼저 들어간다며 손을 흔드는 것을 잊지 않았다. 그러자 사람들 사이에 공간이 생겼다. 그리고 그 공간이 점점 커졌다. 마지막에는 손에 지폐를 들고 흔들던 사람들만 남았다. 영화가 시작된 뒤에도 그들은 꿋꿋하게 자리를 지켰다.

그는 자기가 큰 칼을 손에 쥐고 흔드는 것을 느꼈다. 큰 칼은 주위의 공기를 완전히 조각내고 있었다. 그는 한바탕 칼을 휘둘러 그들의 코를 베었다. 코가 하나씩 베어져 칼날을 따라 허공으로 날아가는 게 보였다. 코가 베인 자리에 남은 구멍에서는 선혈이 솟구쳤다. 허공을 춤추며 날아가던 코들이 후두둑 땅에 떨어져내렸다. 거리에 잔뜩 깔린 코들이 어지럽게 굴러다니기 시작했다. "의劓*!" 그는 힘껏 외친 다음 절뚝거리며 떠났다.

그때 누군가가 손에 영화표 몇 장을 들고 나타났다. 그러자 모든 이들이 몰려들었다. 용서를 구하기라도 하듯 미치광이가 죽어라 외친 고함 소리는 점점 아득해져갔다.

카페 안에선 유행가가 흐르고 있었다. 카페의 열린 문 사이로 노래가 거리로 흘러나왔다. 노래와 함께 젊은이 몇 사람도 함께 나왔다. 그들은 입에 말보로를 물고 콧노래를 흥얼거리면서 거

---

* 오형 가운데 하나. 코를 베는 형벌.

리로 나왔다. 그들은 하루도 빠짐없이 카페에 와서 네슬레 커피를 한 잔 마신 다음 거리로 나갔다. 그들은 밤이 깊도록 거리를 쏘다녔다. 큰 소리로 떠들지는 않았지만 목청껏 노래를 불렀다. 그들은 거리의 모든 사람들이 자신들을 봐주기를 바랐다.

그들은 카페를 나왔다가 미치광이를 보았다. 미치광이는 손을 휘두르며 "비剕*!" 하고 외치고 있었다. 그 모습을 본 그들은 폭소를 터뜨렸다. 그들은 그의 뒤를 따라가면서 절뚝이며 손을 휘두르고 마구 고함을 지르는 그를 흉내냈다. 행인들이 걸음을 멈추고 그들을 지켜보았다. 젊은이들의 목에는 더 힘이 들어갔다. 그러나 금세 기운이 떨어졌는지 더는 고함을 지르지도 미치광이 흉내를 내지도 못했다. 그들은 담배를 꺼내 길가에서 피우기 시작했다.

큰 칼이 걸어오는 사람들의 무릎을 단번에 베어버렸다. 마치 오이라도 자르는 것처럼 하반신의 절반을 잘라냈다. 그는 거리의 모든 이들이 무척 작아진 것을 보았다. 모두 무릎으로 걷고 있었다. 무릎으로 땅을 쿵쿵 울리며 걷는 모습이 무척 힘있게 느껴졌다. 잘려나간 발들이 무릎들에 무참히 밟혀 짓이겨졌다.

거리가 떠들썩해지기 시작했다. 달빛이 찬란하게 거리를 비추

---

* 오형 가운데 하나. 발뒤꿈치를 베는 형벌.

었다. 가로등 불빛과 상점에서 흘러나온 빛이 한데 섞여 오동나무의 그림자처럼 큰 빛덩어리가 되었다. 수많은 발들이 허공에서 흔들렸다. 빛덩어리는 때로는 부서지기도 하고 더러는 새롭게 뭉치기도 했다. 거리 위에 습기를 머금은 봄바람과 와자지껄한 사람들 목소리가 흘렀다. 길가에 있는 집들의 창문 너머엔 여전히 불이 켜져 있었지만 적막했다. 집 안에 있는 사람들은 혼자 앉아 있거나 기껏해야 둘이 마주보고 앉아 있을 뿐이었다. 거리에는 그보다 많은 이들이 느릿느릿 걸어다니고 있었다. 그들은 상점을 드나들고 거리를 오갔다.

그의 눈에는 걸어다니는 모든 이가 벌거벗고 있는 것 같았다. 그래서 걸어오는 남자들의 아랫도리를 향해 칼을 내찔렀다. 걸어오는 남자들은 앞쪽에 꼬리를 달고 있었다. 칼이 그 꼬리들을 베어버렸다. 꼬리들은 모래주머니처럼 하나씩 차곡차곡 땅에 쌓이면서 울적한 소리를 냈다. 잘린 꼬리 속에서 기묘하게 생긴 작은 구슬이 굴러나왔다. 온 거리에 작은 구슬들이 탁구공처럼 데굴데굴 굴러다녔다.

그녀는 상점에서 나왔다. 거리의 사람들이 두 갈래 물길처럼 양쪽 방향으로 흘러가는 것을 보았다. 그 흐름에서 나와 양쪽 상점으로 들어가는 사람들이 흩뿌려진 물방울처럼 보였다. 그때 그 미치광이가 보였다. 그는 절뚝거리며 행인들 사이에서 걷고 있었다. 두 손을 휘저으며 쉰 목소리로 "궁형*"이라고 외치고 있었다. 그러나 미치광이 주변에 있는 사람 중 아무도 그를 보지 못하는 듯했다. 사람들은 마음껏 거리를 누비고 있었다. 미치광이가 쉰 목소리로 내지르는 고함은 사람들이 만들어내는 잡다한 소리 속에서 연기처럼 사라졌다. 미치광이가 그녀 옆으로 지나갔다.

그녀는 천천히 집을 향해 걷기 시작했다. 일부러 느릿느릿 걸었다. 요 이틀간 그녀는 혼자 집 밖을 걸어다녔다. 집 안의 정적을 견딜 수 없었다. 집 안에선 작은 바늘이 바닥에 떨어지는 소리만 들려도 화들짝 놀라곤 했다.

천천히 걸었는데도 너무 빨리 집 앞에 온 것 같았다. 그녀는 집 앞에 잠시 선 채 하늘의 별을 바라보았다. 하늘은 별빛으로 눈부셨다. 그녀는 다른 집 창문에서 흘러나오는 빛을 보았다. 그 안에서 말소리가 어렴풋이 들려왔다. 그녀는 한참 서 있다가 느릿느릿 계단을 걸어올라갔다.

그녀가 집 문을 밀어 여는 순간 어머니의 비명이 들렸다. "문 닫아!" 깜짝 놀란 그녀가 얼른 문을 닫았다. 산발한 어머니가 문

---

* 오형 가운데 하나로 거세형.

옆에 앉아 있었다.

그녀가 곁에 다가가자 어머니는 두려움에 질린 목소리로 말했다. "그 사람이 소리 지르는 걸 들었어."

그녀는 어머니에게 무슨 말을 해야 할지 몰라 조용히 서 있기만 했다. 그렇게 잠시 서 있다가 그녀는 방으로 갔다. 가는 길에 창문 앞에서 넋을 놓고 있는 아버지를 보았다. 그녀가 계단을 올라가려는데 작은 소리가 들렸다. 아버지가 무심결에 신음 소리를 흘리고 다시 넋을 놓았다. 하지만 그녀가 자기 방으로 들어가려는 순간 아버지가 고개를 돌려 그녀에게 말했다. "앞으로는 일이 없으면 밖에 나가지 마라." 말을 마친 아버지는 다시 고개를 돌리고 멍하니 있었다.

그녀는 조용히 작은 목소리로 대답하고는 바로 자기 방으로 들어가 침대에 앉았다. 사위가 유난히 조용했다. 아무 소리도 들리지 않았다. 그녀는 창문을 바라보았다. 깨끗한 유리창 표면에 몇 줄기 빛이 반짝였다. 빛이 꼭 물방울 같았다. 유리창 너머로 먼 하늘에 떠 있는 달이 보였다. 붉은 달이었다. 곧이어 그녀는 자신의 눈물이 가슴 위로 떨어지는 소리를 들었다.

3

철공소에서는 불똥이 사방으로 튀었다. 여기저기서 땡강대는 쇳소리도 튀어나왔다.

용광로에서는 불길이 활활 타오르고, 웃통을 벗은 두 사내의 등은 벌겋게 번뜩였다. 땀이 지렁이처럼 꿈틀거리며 빛을 뿜었다.

그때 미치광이는 철공소 문 앞에 서 있었다. 그가 나타나자 사람들은 경악했다. 망치 소리도 멎었고 들고 있던 쇳덩어리도 땅에 떨어뜨렸다. 미치광이는 철공소 안으로 걸음을 옮겼다. 입을 씰룩대고 괴상하게 웃으면서 땅에 떨어진 쇳덩이 옆에 쭈그리고 앉았다. 방금 전까지도 붉게 달아올랐던 쇳덩이는 금세 검게 변했다. 흰 연기가 몇 가닥 모락모락 피어올랐다. 미치광이가 손을 뻗어 쇳덩이를 쥐었다. 손이 쇳덩이에 닿자마자 칙 하는 소리가 울려퍼졌다. 그가 손을 획 끌어당겨 손가락을 입으로 핥았다. 그러고는 다시 손을 뻗었다. 그러더니 이번에는 쇳덩이를 확 잡아채 얼굴에 가져다댔다. 얼굴에서 하얀 연기가 솟아오르면서 지독한 냄새가 났다.

두 철공은 아연실색했지만 미치광이는 그저 큰 소리로 외칠 뿐이었다. "묵!" 그러고는 일어나더니 만족스러워하며 밖으로 걸어나갔다. 그는 절뚝거리며 골목으로 나간 다음 길가에 잠시 섰다가 다시 오른쪽으로 걸어갔다. 그때 트럭 한 대가 곁을 스쳐 지나가는 바람에 그는 트럭이 일으킨 먼지를 온통 뒤집어썼다. 그는 길 한가운데로 가더니 다시 앞을 향해 걷기 시작했다. 그리고 한참을 걷다가 멈춰 선 다음 땅바닥에 앉았다. 그때 몇 사람이 그의 옆으로 다가서서 이상하다는 듯 그를 내려다보았다. 또 몇 사람이 호기심이 가득한 표정으로 그에게 다가왔다.

어머니는 벌써 한 달째 직장에 나가지 않고 있었다. 어머니는 하루종일 넋을 놓고 방에 앉아 있었고 한마디도 하지 않았다. 그녀가 외출했다가 문을 열고 들어올 때마다 어머니는 겁에 질려 비명을 질렀고, 아버지는 볼일이 없으면 굳이 밖에 나가지 말라고 했다. 그뒤로는 그녀도 밖에 나가지 않고 하루종일 방에 틀어박혀 지냈다. 아버지는 출근을 해야 했다. 아버지는 아침 일찍 나갔다가 저녁에야 귀가했다. 점심때는 집에 들어오는 일이 없었다. 그녀는 마음속으로 친구가 왔으면 했다. 그러나 막상 친구가 와서 문을 두드리면 감히 나가서 문을 열 생각을 못했다. 어머니가 부들부들 떨고 있는 모습을 친구에게 보이고 싶지 않았기 때문이다. 친구가 다시 계단을 내려가는 발소리가 들리면 이유 없이 눈물이 흘렀다.

요즘 들어 어머니는 빛까지 무서워했다. 그래서 아버지는 집에 있는 모든 창문에 커튼을 쳤다. 집 안이 온통 컴컴해졌다. 그녀는 더이상 햇빛도 봄도 느끼지 못했고, 자신의 청춘마저도 느낄 수 없게 되었다.

예전에는 이맘때면 거리를 걸었었다. 아버지도 함께였다. 양손에 각각 부모님의 손을 잡고 거리를 걸을 때면 항상 아는 사람들과 마주치곤 했다. 사람들은 늘 농담하듯이 말했었다. "따님을 빨리 시집보내셔야죠." 그러면 아버지는 진지하게 대답했다. "우리 딸은 아무한테도 시집보내지 않을 겁니다." 어머니는 웃으면서 말을 보탰다. "우리한테는 이 딸 하나뿐이거든요."

아버지가 고무공을 들고 그녀에게 다가왔던 그해부터 그들은 함께 즐겁게 살았다. 그렇게 몇 년 동안은 세 식구가 모이기만 하면 웃음이 끊이질 않았다. 아버지는 늘 우스갯소리를 했고, 나중에는 어머니도 그걸 배우려고 했지만 성공하지는 못했다. 세 사람은 자주 외출하곤 했는데, 함께 집을 나설 때면 이웃에서 부러운 기색으로 말하곤 했었다. "그 집은 매일 그렇게 즐거운 일이 많은가봐요." 그러면 아버지는 늘 어깨를 으쓱하며 대답했다. "더 말할 필요도 없지요." 그러면 어머니는 짐짓 들뜬 어투로 말했다. "조금 나눠드려야겠네요." 그녀는 뭐라도 한마디 덧붙이고 싶었지만 자신이 하려는 말이 재미가 없을 거라 생각하곤 그만둬버렸다.

그러나 지금 집 안에는 어둠과 정적뿐이다. 심지어 세 사람이

한데 모여 있을 때도 아무 말도 없었다. 그녀는 몇 번이나 아버지와 얘기를 나누려고 했었지만 아버지도 어머니처럼 넋을 놓고 있는 모습을 보면 말문이 막혀버렸다. 그녀는 바로 자기 방에 들어가서 문을 닫았다. 그리고 창가로 가서 커튼 한 귀퉁이를 걷고 큰길을 가만히 바라보았다. 길거리를 오가는 사람들도 보고 인도에서 사람들 몇몇이 얘기를 나누는 모습도 보았다. 그들은 한참 얘기를 하고서도 끝낼 기미가 없었다. 그러다가 그녀가 아는 사람이 나타나면 살짝 눈물을 흘리기도 했다.

그녀는 그렇게 많은 날들을 창가에서 보냈다. 커튼 한 귀퉁이를 걷을 때면 그녀의 마음은 봄날의 거리를 걷고 있었다.

어느 순간 그녀는 창가에 서서 유리 너머로 거리의 행인들이 개미떼처럼 모여드는 것을 보았다. 사람들이 한곳으로 모여들더니 누군가를 에워쌌다. 걷고 있던 모든 이들이 원형으로 둘러쌌고 원은 갈수록 커졌다.

그는 길바닥에 가부좌를 틀고 앉아 있었다. 땅에 닿을 정도로 길게 늘어진 머리칼은 마치 버드나무 가지 같았다. 한 달 넘게 햇빛이 두루 비친 탓인지 거리는 황금색으로 칠한 듯했다. 그 빛깔이 사람의 마음을 따뜻하게 만들어주었다. 그가 가늘고 긴 두 팔을 뻗었다. 두 팔은 너무 낡아서 시커메진 탁자 다리 같았다. 그는 두 손으로 십 센티미터쯤 되는 얼룩덜룩 녹슨 쇠톱을 들고 햇빛 아래서 자세히 들여다보고 있었다.

　그녀는 나무를 기어오르거나 자전거 위에 올라선 아이들을 보았다. 권법 시범을 보이던 약장수가 왜 인도가 아닌 큰길에 서 있는지 궁금했다. 그를 둘러싼 사람들이 점점 늘어나더니 금세 길 이곳저곳이 다 막혔다. 그러자 교통경찰이 가서 사람들을 길에서 쫓아냈다. 몇 명은 쫓겨나자 다른 곳으로 갔지만, 일부는 원래 있던 자리로 되돌아왔다. 경찰이 다시 사람들을 쫓아냈지만 헛수고였다. 이제 경찰은 더이상 사람들이 모여 있는 쪽에 가지 않고 막히지 않은 쪽 길에 서 있었다. 그러다보니 새로 모여든 사람들은 그를 중심으로 양쪽으로 설 수밖에 없었다. 그 시커먼 무리는 타원형이 되고 말았다.

　그는 크게 외쳤다. "의!" 그러고는 쇠톱을 코밑에 놓고 톱날을 살갗에 갖다댔다. 손만큼이나 시커먼 입술이 떨리기 시작했다. 웃는 것 같기도 했다. 이어서 그는 두 팔을 힘차게 움직였고, 움직일 때마다 힘껏 외쳤다. "의!" 쇠톱이 코밑을 파고들면서 피가 흘렀다. 그러자 시커멓던 입술이 붉게 윤기가 돌기 시작했다. 톱날이 코뼈를 썰면서 삭삭 경미한 마찰음이 났다. 그는 방금 전에 고함을 질렀던 것과는 달리 이번에는 살짝 머리를 저었다. 입으로는 톱질에 맞추어 사삭 하는 소리를 냈다. 톱으로 코뼈를 자르는 모습이 꼭 즐겁게 하모니카를 부는 모습 같았다. 오래지 않아 그는 고래고래 괴성을 내지르기 시작했다. 잠깐 마비가 오더니 지독한 통증이 엄습해왔다. 톱질을 하던 그는 통증을 견디기힘들어지자 톱을 빼서 다리 위에 잠시 올려놓았다. 그러고는 고개를 들고 심하게 숨을 헐떡거렸다. 그 순간 피가 줄줄 흘러내렸다. 금세 입술과 턱이 온통 붉게 물들었고 가슴에는 핏줄기가 셀수 없이 어지럽게 그어졌다. 피가 머릿결을 따라 실처럼 흘러내려 시멘트 바닥에 떨어지기도 했다. 마치 불똥이 튀는 것 같았다. 한바탕 숨을 헐떡이던 그는 다시 톱을 눈앞으로 들어올려 햇빛 아래서 자세히 관찰했다. 이어서 이미 붉게 물든 요상한 모양의 손톱으로 톱날 사이에 낀 뼛조각을 빼냈다. 붉은 피에 젖은 뼛조각이 햇빛 아래서 붉게 빛났다. 그의 동작은 무척이나 세심하고 굼떴다. 그는 한참 동안 뼛조각을 빼냈고 그런 다음 다시한번 톱날을 꼼꼼하게 검사했다. 이어서 한 손으로 코를 잡아 위쪽으로 당기고 다른 손으로 쇠톱을 다시 집어넣었다. 그러나 이번에는 두 손을 움직이지 않았다. 단지 허세를 부리며 괴성을 한차례 내질렀을 뿐이었다. 이어서 그는 쇠톱을 빼내고 다시 손으로 코를 흔들었다. 그러자 코가 얼굴 위에서 그네처럼 흔들렸다.

그녀는 타원형의 군중이 조금씩 흩어지는 것을 보았다. 비켜서는 사람과 제자리를 지키고 있는 사람을 보자 무언가가 떠올랐다. 마치 부주의하게 떨어뜨린 먹물 같았다. 중간에 있는 사람들은 고인 먹물이고 주위에 있는 사람들은 점점이 튄 먹물 방울 같았다. 나무 위에 있던 아이들이 고양이처럼 잽싸게 미끄러지듯이 내려갔다. 자전거도 하나씩 줄었다. 분명 거리가 한적해지고 있었다. 방금 전까지 긴장한 채 서 있던 교통경찰이 움직이기 시작했기 때문이다.

햇빛 아래서 한참 들여다본 후 그는 쇠톱을 내려놓았다. 그는 두 손을 무릎에 얹어놓고 쉬기라도 하는 것처럼 한참을 앉아 있었다. 그러고는 쇠톱으로 발등에 난 흉터에 낀 때를 파냈다. 그런 후 다시 손으로 그 때를 흉터 틈에 박아넣었다. 그러기를 몇 번이나 반복하는데, 그 모습이 무척 한가로워 보였다. 마침내 그는 쇠톱을 무릎에 올려놓은 채 고개를 들어 주위를 둘러보고는 크게 외쳤다. "비!" 그와 동시에 그는 피부를 톱으로 잘랐다. 잘린 피부가 허옇게 뒤집히더니 서서히 붉어지기 시작했다. 이어서 피가 밖으로 새어나왔다. 톱으로 피부를 자른 후 그는 톱날을 다시 뼈 위에 걸쳐두었다. 그리고 의기양양하게 웃었다. 그러더니 두 손을 우아하게 움직이기 시작했다. 슥슥 소리가 다시 울려퍼졌다. 오래지 않아 그의 얼굴이 다시 일그러졌고, 입에서는 괴성이 터져나왔다. 이마에서 땀방울이 뚝뚝 떨어졌다. 그가 입을 벌린 채 헐떡거렸다. 두 손의 움직임이 점점 둔해졌고 입에서 터져나오던 외침도 울음소리로 변했으며 목소리도 작아졌다. 곧이어 그의 두 손이 축 늘어졌고, 쇠톱이 땅바닥에 떨어지면서 경쾌한 소리를 냈다. 그의 머리도 아래로 툭 떨어졌고 입에서도 나직이 흐느끼는 소리만 흘러나왔다. 그렇게 한참을 앉아 있던 그가 다시 고개를 들고 땅에 놓인 쇠톱을 집어들더니 다시 무릎에 놓았다. 하지만 꾸물거리며 톱에 손을 대지 않았다. 그러더니 문득 무언가를 발견한 듯 피처럼 붉은 그의 입술이 다시 떨렸다. 어쩌면 웃는 것 같기도 했다. 그는 쇠톱을 다른 무릎 위에 옮겨놓고 다시 외쳤다. "비!" 그러곤 왼쪽 다리를 톱질하기 시작했다. 얼마 지나지 않아 무릎께의 피부가 톱에 썰려나갔고, 톱날은 다시 뼈에 가까워졌다. 비명을 지르다 갑자기 멈춘 그는 고개를 들더니 득의양양하게 웃기 시작했다. 한참을 웃고 나서야 고개를 떨구었다. 그의 입에서 작은 울부짖음이 터져나왔다. 그는 울부짖으면서 두 손을 움직이기 시작했다. 동시에 머리도, 몸도 흔들렸다. 두 가지 소리가 묘하게 섞이면서 헝겊신을 신고 풀숲을 걸을 때 날 듯한 소리가 들렸다. 그 순간 미치광이가 기이하게도 온화한 표정을 지었다. 뒷모습만 보면 멋진 구두라도 닦고 있는 것 같았다. 그때 쇠톱이 경쾌한 소리를 내면서 부러졌다. 부러진 쇠톱이 땅에 떨어지자 그의 몸이 균형을 잃은 것처럼 흔들리기 시작했다. 이때 극심한 고통이 엄습했는지 흔들리는 체 위에 올라가 있기라도 한 듯 그가 온몸을 부들부들 떨었다. 한참이 지난 후에야 그는 안정을 되찾았다. 그러곤 잘린 쇠톱을 집어들어 눈앞으로 가져가 자세히 살폈다. 두 동강 난 쇠톱을 비교하면서 그 가운데 조금이라도 더 긴 쪽을 골라내려고 하는 것처럼 보였다. 그는 한참을 비교한 후 고른 톱날로 오른쪽 다리에 톱질을 했다. 가볍게 톱질을 했을 뿐인데도 죽어라 괴성을 질러댔다. 그러더니 땅에 떨어져 있던 톱 반 동강이를 다시 주워들고 눈앞에 놓고 비교했다. 그는 잠시 비교한 끝에 조금 전까지 쓰던 톱날을 버리고 나머지 톱날을 들어 왼쪽 다리를 썰었다. 이번에는 가볍게 한번 썰기만 했다. 그러고는 땅에 버려둔 톱날을 다시 집어서 비교했다.

그녀는 먹물이 한 방울씩 튕겨나가듯 점점 줄어드는 사람들 무리를 보았다. 이제 남아 있는 사람들은 얼마 되지 않았다. 큰길도 더이상 막히지 않아 신경쓸 필요가 없어졌다. 교통경찰도 멀리 가버렸다.

쇠톱 두 동강이를 비교하던 그는 결국 둘 다 버렸다. 이어서 양쪽 무릎을 살피더니 곧게 폈던 다리를 다시 구부렸다. 무릎을 잠시 쳐다보던 그는 고개를 들고 실눈으로 해를 바라보았다. 그러자 피처럼 붉은 그 입술이 다시 한번 떨렸다. 곧 그는 두 다리를 쭉 펴고 두 손으로 허리를 한차례 짚은 다음 천천히 바지를 벗었다. 바지를 벗은 후 그는 앞으로 자란 자기 꼬리를 보았다.

얼굴에 바보 같은 웃음이 떠올랐다. 조금 전 쇠톱을 살폈을 때처럼 그는 꼬리를 한참 보았다. 그러고는 손으로 꼬리를 툭툭 건드렸다. 그러자 꼬리가 흔들렸다. 그의 머리도 흔들리기 시작했다. 결국 그는 엉덩이 뒤쪽에서 큰 돌덩이를 찾아냈다. 다시 가랑이를 쫙 벌리더니 돌덩이를 높이 쳐들었다. 그는 햇빛 아래서 돌덩이를 열심히 관찰했다. 이어서 무척 만족한 듯 고개를 끄덕였다. 그러고는 발을 구르며 큰 소리로 외쳤다. "궁!" 그리고 맹렬한 기세로 돌덩이를 자신을 향해 내려찍고는 미친 듯 포효했다.

그녀는 얼마 안 되던 무리마저 흩어지는 모습을 보았다. 잔뜩 모였던 참새가 깜짝 놀라 사방으로 퍼덕이며 날아가듯 사람들은 사방으로 뿔뿔이 흩어졌다. 멀리 피웅덩이가 보였다.

4

동이 틀 무렵 그녀는 어머니의 소름끼치는 비명 소리에 놀라 깼다. 이어서 어머니가 옷을 입는 소리가 들렸고 아버지가 낮게 뭐라고 말하는 소리도 들렸다. 아버지는 어머니를 말리고 있었다. 곧 어머니가 방문을 열고 거실로 걸어나갔고 의자가 살짝 흔들리면서 삐걱거리는 소리가 났다. 그녀는 어머니가 다시 의자에 앉았다고 생각했다. 아버지의 깊은 한숨이 그녀의 방문에 몇 차례 힘없이 와닿았다. 그녀는 더 잘 수가 없었다. 창으로 희미한 달빛이 비쳐들자 어두운 방 안의 으스름한 풍경이 드러났다. 그녀는 이불 속에 누운 채 아버지가 일어나는 소리에 귀를 기울였다. 아버지가 두 발로 방바닥을 밟자 그녀의 침대도 살짝 흔들리는 것처럼 느껴졌다. 아버지는 거실로 나가지 않고 침대에 앉았다. 침대가 삐걱거리는 소리가 꼭 아기 울음소리 같았다. 그런 다음 고요해졌고 남은 건 그녀의 숨소리뿐이었다.

한참 후 그녀는 어둠에 젖은 창문 커튼이 천천히 붉어지는 것을 보았다. 해가 떠오르고 있음을 알아차리고 일어나 앉아 옷을 입기 시작했다. 아버지가 일어나서 주방으로 가 부스럭 거리는 소리가 들렸다. 아버지는 가볍게 손발을 움직이는 것이 습관이었고, 그녀도 마찬가지였다. 옷을 입으면서도 그녀는 줄곧 창문 커튼에서 눈을 떼지 않았다. 그녀는 커튼이 점점 밝아지는 모습을 바라보았다. 곧 불길 같은 무수한 햇살이 커튼을 뚫고 그녀의 침대를 비추었다.

그녀가 방 밖으로 나왔을 때 아버지가 주방에서 나왔다. 아버지가 이미 아침식사를 다 준비해놓은 뒤였다. 어머니는 여전히 의자에 미동도 없이 앉아 있었다. 산발한 어머니를 보자 마음이 저렸다. 최근에 어머니를 그렇게 가까이에서 자세히 살펴본 적이 없었다. 어머니는 몰라보게 팍삭 늙어 있었다. 그녀는 자신도 모르게 다가가서 어머니 어깨에 가볍게 손을 올렸다. 어머니가 긴장하는 게 느껴졌다. 어머니는 고개를 들고 두려움에 질려 그녀에게 말했다. "어제 그 사람을 다시 봤다. 피로 흥건히 젖은 채 우리 침대 앞에 서 있었어." 그녀는 이 말을 듣고 부들부들 떨었다. 어째서인지 어제 보았던 피웅덩이가 떠올랐다.

아버지가 다가와서 두 손으로 어머니의 어깨를 짚었다. 어머니는 천천히 일어나 식탁 앞에 앉았다. 세 사람은 함께 앉아 침묵 속에서 아침을 먹었다. 세 사람 모두 조금씩만 먹고 젓가락을 내려놓았다.

아버지는 출근하기 위해 현관문으로 걸어갔다. 그녀는 자기 방으로 돌아왔다. 현관문 앞에서 잠시 머뭇거리던 아버지가 뒤돌아서서 그녀의 방으로 왔다. 마침 그녀는 커튼을 들추고 거리를 내다보던 참이었다. 아버지가 다가와서 나직이 말했다. "오늘은 나가서 바람 좀 쐬렴." 그녀는 뒤돌아서서 아버지를 보고 그와 함께 나갔다.

아래층에 내려왔을 때 아버지가 물었다. "친구네 갈 거니?" 그녀는 고개를 저었다. 갑자기 어두운 방에서 나오자 그녀는 어찌할 바를 몰라 쩔쩔맸다. 진심으로 그 어둠 속으로 다시 돌아가고 싶었다. 그녀는 이미 큰길이 보이는 작은 유리창에 익숙해져 있었다. 그렇게 생각하면서도 그녀는 아버지와 함께 계속 골목 입구 쪽으로 걸어갔다. 그녀는 멈춰 섰다. 친구 생각이 났기 때문이다. 그녀는 혹시라도 친구가 와서 문을 두드리지 않을까 걱정스러웠다. 그러면 어머니가 겁에 질릴지도 몰랐다. 그래서 그녀는 걸음을 멈췄다. 아버지는 오른쪽으로 걸어갔다. 출근시간이라 거리는 벌떼처럼 오가면서 벨을 울려대는 자전거로 가득했는데, 그 벨소리가 밀려갔다 밀려오는 파도 소리처럼 느껴졌다. 그녀는 아버지의 뒷모습을 지켜보았다. 아버지는 어느 가게에 들어갔다 나오더니 그녀에게로 걸어왔다. 그리고 그녀의 손에 사탕을 쥐여주었다. 그러고는 뒤돌아 걸어갔다. 그녀는 인파 속으로 사라지는 아버지의 뒷모습을 지켜보았다. 고개를 숙이고 손에 있는 사탕을 보았다. 한 알은 집어들고 나머지는 주머니에 넣었다. 그녀는 사탕을 입속에 넣고 깨물었다. 사탕이 부서지는 소리만 들릴 뿐 맛은 전혀 느낄 수 없었다. 그리고 그 순간 자전거를 탄 한 젊은이가 날듯이 자전거 행렬 속을 누비고 다니는 게 보였다. 그녀는 줄곧 그를 지켜보았다.

그때 그녀의 친구가 다가왔다. 친구가 말했다. "너희 집 이사라도 간 거니?" 그녀는 친구를 보고 의아한 표정을 짓더니 고개를 저었다.

"문을 얼마나 많이 두드렸는데 대답하는 사람도 없고, 창문에 커튼도 다 쳐 있고."

그녀는 어찌해야 할지 알 수 없어 손만 만지작거렸다.

"어떻게 된 거야?"

"별일 아니야." 그녀는 그렇게 말하고 고개를 돌려 방금 전 보았던 자전거를 찾아보았지만 이미 사라지고 없었다.

"얼굴이 너무 상했다."

"그래?" 그녀는 고개를 돌렸다.

"어디 아파?"

"아닌데."

"안 좋아 보이는데?"

"괜찮아." 그녀는 웃으려고 애썼다. 그리고 정신을 차리고 기운 내서 물었다. "오늘 어디 가?"

"특판 행사. 오늘이 첫날이야." 친구가 말하면서 그녀의 팔을 잡아끌었다. "가자."

친구의 들뜬 발소리가 곁에서 울렸다. 그녀는 속으로 말했다. "그런 것들은 다 잊자."

봄맞이 특판 행사는 다른 거리에서 열리고 있었다. 행사는 사람들이 다른 일들을 모두 잊게 만들었다. 행사장을 보는 순간 사람들은 흥분에 빠져들었다. 겨울은 이미 지나고 봄이 와 있었다.

생활방식을 바꿀 필요가 있었다. 그래서 사람들은 눈길이 가는 대로 발길을 옮겼다. 양쪽으로 간이 천막이 세워진 큰길가에서 사람들은 옷도 고르고 생활용품도 골랐다. 물건을 고르면서 생활을 이어가고 있는 것이다.

천막 꼭대기마다 걸려 있는 큰 스피커에서는 손님을 유치하기 위해 경쟁하느라 귀를 찢을 듯한 고성을 쏟아내고 있었다. 거기 있는 사람들은 엄청나게 소리가 크고 어지럽기 짝이 없는 음악에 격렬하게 얻어맞고 있었다. 머리가 어지럽고 눈이 침침해지고 지친 나머지 숨까지 헉헉거리면서도 사람들은 여전히 들떠 서로 밀치면서 큰 소리로 떠들어대고 있었다. 그들의 목소리는 음악보다 더 정신 사납고 시끄러웠다. 그런데 바로 이때 한 스피커에서 침울하고 슬픈 음악이 흘러나왔다. 그 음악이 순간적으로 모든 소리들을 압도해버렸다. 거의 모든 이들이 그 음악이 들리는 쪽으로 서로 밀치며 달려갔는데, 그들은 크게 웃음을 터뜨리고 있었다. 슬픈 음악을 듣고 사람들은 유난히 기분이 유쾌해졌다. 그들에게 그 음악의 등장은 짓궂은 장난 같았고 웃음거리였다. 사람들은 그 유머 속에서 떠밀리며 왔다갔다했다.

그녀와 그녀의 친구는 그들의 의지와 관계없이 수많은 사람들에 떠밀려갔다. 자꾸 앞으로만 밀려갈 뿐 뒤로 돌아가기가 어려웠다. 그녀는 친구가 산 물건들을 가슴에 안고 있었다. 물건이 너무 많아서 두 사람이 들어도 벅찼다. 그래도 친구는 성에 차지 않는 듯 물건들에서 눈을 떼지 못했다. 그녀는 아무것도 사지 않았다. 다만 사람들 틈에 끼여 두리번거리기만 했을 뿐이다. 그저 둘러보는 것만으로도 충분히 만족스러웠다. 서로 밀쳐대고 있는 사람들 속에서, 소리로 가득한 틈에서, 그녀는 결국 잊기로 마음먹었던 것들을 잊었다. 그 순간 그녀는 요즘 집안의 분위기가 어떤지 실감했다. 우리 집은 예전엔 이런 분위기가 아니었는데?

갑자기 두 사람을 떠밀던 힘이 사라졌다. 그녀는 파도가 밀려왔다가 금세 쓸려나간 모래사장에라도 선 것처럼 그곳에 위태롭게 서 있었다. 되돌아서서 붐비는 쪽을 바라봤지만 외려 마음은 공허하기만 했다.

그녀의 귀에 친구가 하는 말이 들려왔다. "저 치마 참 예쁘다. 하지만 사람이 너무 많아서 비집고 들어가기 힘들 것 같아."

그녀도 친구가 말한 치마를 보았다. 그러나 그녀는 그다지 끌리지 않았다. 그렇다. 그 어떤 옷도 그녀를 매혹하진 못했다. 그녀를 매혹하는 것은 빽빽하게 모인 사람 무리뿐이었다.

"다시 비집고 들어가보자." 그녀가 말했다. 그녀는 다시 비집고 들어가고 싶었다. 그 치마를 다시 보려는 것은 아니었다.

친구가 아무 대답 없이 그녀를 툭 쳤다. 친구가 눈짓으로 미치광이를 가리켰고, 그녀는 미치광이를 보았다.

멀지 않은 곳에 미치광이가 서 있었다. 그의 몸은 온통 피로 얼룩져 있었다. 그는 두 손을 끊임없이 휘두르면서 기운 없는 쉰 목소리로 뭐라고 외치고 있었다. 사람들과 함께 어울릴 수 있어서 신이 난 듯했다.

　엄청난 군중이 벌떼처럼 몰려왔다. 큰 칼에 잘린 그들의 머리통이 하늘로 잇달아 날아올랐다. 허공에서 머리통끼리 부딪치면서 엄청난 소리가 났다. 꼭 천둥이 치는 것 같았다. 그 소리는 다시 쪼개져서 작은 소리들로 나뉘었고, 나뉘었던 소리들은 다시 뭉쳐 내장을 갈가리 찢는 듯한 소리가 되어 거대한 파도처럼 덮쳐왔다. 박살난 머리통이 허공에서 기왓장처럼 우수수 떨어져내렸고 피가 햇빛처럼 사방으로 흩뿌려졌다. 여기에 번쩍거리는 톱이 나타나서 날렵하게 사람들의 허리를 잘랐다. 머리를 잃은 상체들이 연달아 굴러떨어져 땅에서 데굴데굴 굴러다녔다. 분출된 피가 솔질이라도 한 것처럼 땅 위에 굵고 긴 핏자국을 그렸다. 핏자국은 서로 구불구불 얽혀 있기도 했다. 상체를 잃은 하체들이 그 핏자국 위를 헤맸다. 시도 때도 없이 서로 부딪쳐서 땅에 엎어졌다. 그러고는 다시 일어나지 못했다. 그때 거대한 기름 솥에서 수증기가 솟아올랐다. 아직까지 멀쩡한 사람들은 비처럼 그 안으로 내던져졌다. 솥 안에서 거대한 폭발음이 울렸다. 어떤 몸뚱이는 물고기가 물 위로 뛰어오르듯 튀어오르기도 하고 또 어떤 몸뚱이는 가라앉기도 했다. 그는 공중에 있던 머리통들이 전부 땅에 떨어지고 있는 것을 보았다. 머리통들이 수북이 쌓이면서 땅에 있던 몸뚱이와 다리들을 덮기 시작했다. 기름 솥의 몸뚱이들은 아직 다 튀겨져 떠오르지 않았다. 그는 손을 뻗어 여전히 그에게 다가오고 있는 사람들의 피부를 벗겨내기 시작했다. 벽지를 찢거나 천을 찢을 때 나는 소리처럼 아름답기 이를 데 없는 소리가 났다. 피부가 벗겨진 그들의 몸에서 지방이 부풀어올랐다가 푹 꺼졌다. 그는 살 속으로 손을 쑥 집어넣고 갈비뼈를 하나씩 잡아 꺼냈다. 그들은 바로 앞으로 고꾸라졌다. 그는 다시 그들의 앞가슴 근육을 한 움큼씩 잡아 떼어내고 안에서 여전히 고동치고 있는 폐를 확인했다. 그는 정신을 집중해서 왼쪽 폐를 밀어젖힌 다음 쪼그라든 심장을 보았다.

갈래머리가 흔들리며 날아왔고, 그 갈래머리에 앉은 아름다운 붉은 나비 두 마리도 함께 왔다.

그녀는 침을 줄줄 흘리며 자기를 유심히 살피는 미치광이를 보았다. 친구가 자신의 손을 잡는 게 느껴졌다. 그녀의 다리가 움직였다. 그녀는 친구가 그녀의 손을 잡고 뛰고 있다는 것을 깨달았다.

5

봄눈은 이제 완전히 잊혀졌다. 지금은 복숭아꽃이 도발하듯 피었다. 강가의 버드나무와 길가의 오동나무는 하나같이 푸르렀다. 햇빛은 더할 수 없이 눈부셨다. 봄은 이제 겨우 반이 지났을 뿐이고 종착지에 이르려면 아직 더 있어야 했다. 그러나 사람들은 벌써 여름을 맞을 준비를 하고 있었다. 처녀들은 여름을 맞기 위해 특판 행사장에서 치마를 사들였다. 거리에서 치마가 우아하게 바람에 날리는 모습을 상상하면서. 청년들은 옷장을 뒤져 수영복을 꺼내어 여름 물놀이 때 입을 수 있는지 살폈다. 그들은 며칠 동안 수영복을 베개 옆에 두었다가 다시 옷장에 집어넣었다. 여름이 오려면 아직 멀었기 때문이다.

그때 거리 한쪽에는 미치광이가 가부좌를 틀고 앉아 있었다. 거리는 햇빛으로 가득했고 바람이 불면 천천히 먼지가 일었다가 이내 연기처럼 흩어졌다. 햇빛이 비추고 있어서인지 거리에는 온기가 넘쳐흘렀다. 수많은 이들이 그 따스한 분위기 속에서 걸어다녔다. 그들은 찌그러진 자기 그림자를 끌면서 걸었는데, 그림자가 땅 위를 미끄러져가는 모양이 사람들의 마음을 유쾌하게 했다. 그림자는 시원하고 상쾌했다. 그림자 몇 개가 미치광이의 엉덩이 아래로 파고들어갔다. 미치광이는 온 정신을 집중해서 식칼 한 자루를 살피고 있었다. 쓰레기 더미에서 주운 칼이어서 군데군데 녹이 슬었고 칼날은 이가 빠져 울퉁불퉁했다.

그는 식칼을 이리저리 뒤집어보다가 땅에 내려놓고는 한참을 지켜보았다. 굳었던 얼굴에 만족스런 웃음이 떠올랐고 입가로 침이 흘러내렸다. 얼굴을 데었을 때 입은 상처가 곪아 얼굴 전체가 둥글게 부풀어올라 있었다. 코도 더 커졌고 고름이 침처럼 줄줄 흘러내렸다. 온몸에서 기이한 악취가 났다. 악취는 거침없이 퍼져나가면서 그의 주변을 배회하기 시작했다. 그 곁을 지나는 사람들도 그 냄새를 맡았다. 냄새를 맡자마자 그들은 어두컴컴한 곳으로 들어서는 것 같은 기분을 느꼈다. 사람들은 그의 곁에 다가서자마자 도망치듯 멀찌감치 떨어졌다.

그는 식칼을 땅에 내려놓고 자세히 들여다보았다. 한참 보다가 식칼의 방향을 바꾸어 다시 한번 자세히 살피고는 식칼을 원래 방향대로 되돌려놓았다. 마지막에는 가부좌를 틀고 있던 다리를 천천히 편 다음 입을 벌리고 이를 씩 드러냈다. 그는 길쭉하게 자란 손톱을 소독이라도 하듯 햇볕에 쪼이고는 그 손톱으로 다리에 말라붙은 피딱지를 아주 공들여 조심스럽게 벗겨냈다. 생긴 지 일주일도 넘었을 피딱지는 셀로판지처럼 얇게 붙어 있었다. 그는 인내심을 가지고 그것을 조금씩 벗겨나갔다. 벗겨낸 조각은 한쪽에 조심스레 놓고 작업을 계속했다. 피딱지를 전부 벗겨낸 후 그는 확실히 제거되었는지 다시 두 다리를 꼼꼼히 살폈다. 그리고 셀로판지처럼 얇은 피딱지를 눈앞에 들고 햇빛에 비춰보았다. 암홍색 핏자국이 눈에 들어왔다. 그는 잠시 후 피딱지 조각을 한쪽에 놓아두었다. 그런 다음 다른 부분에서 피딱지를 한 조각씩 가져와서 계속 살폈다. 그 작업을 한참 흥미진진하게 하고 나서야 그는 엉덩이 밑을 살폈다.

그는 땅에 놓아두었던 식칼을 집어들고 다시 살폈다. 칼등이 그의 시야를 가려서 눈앞이 칠흑처럼 어두워졌다. 하지만 눈앞을 제외한 사방은 오히려 눈부셨다. 그는 칼을 내려놓고 손가락을 칼날에 대고 확인해보았다. 그러고는 식칼을 높이 쳐들고 자기의 허벅지를 겨눈 다음 큰 소리로 외쳤다. "능지!" 식칼이 곧 그의 다리 위로 내리찍혔다. 그가 고통을 이기지 못하고 비명을 질러댔다. 그러더니 고개를 숙이고 피가 천천히 솟아나는 모습을 지켜보았다. 그는 손톱으로 상처를 헤집어보고 상처가 매우 얕다는 걸 알았다. 그것이 만족스럽지 못했는지 그는 식칼을 다시 쳐들고 햇빛 아래서 자세히 살펴본 후 손가락으로 칼날을 다시 확인했다. 그런 다음 다리에서 나는 피를 칼에 묻히더니 시멘트 바닥에 대고 칼을 갈기 시작했다. 거칠고 날카로운 소리가 났다. 그는 고개를 흔들면서 불똥이 사방으로 튈 때까지 칼을 갈았다. 칼등이 뜨거워져서 손을 댈 수 없게 된 후에야 손을 멈추고 다시 칼을 살폈다. 그리고 손가락으로 칼날을 확인했다. 여전히 만족하지 못한 그는 다시 한번 힘껏 칼을 갈았다. 이번에는 온몸이 땀에 흠뻑 젖고 기진맥진해진 뒤에야 칼갈이를 멈추었다. 그는 손을 펴고 머리를 한쪽으로 기울이면서 한숨을 내쉬었다. 그리고 다시 식칼을 눈앞에 들어 살핀 다음 칼날을 실험해보았다. 이번에는 만족스러운 표정이었다.

그는 다시 식칼을 머리 위로 쳐들고 고함을 지르며 다른 쪽 허벅지를 내리찍었다. 이번에는 날카로우면서도 격하게 울부짖었다. 계속 큰 소리로 울부짖는 그의 몸은 키질이라도 하는 것처럼 떨렸으며 축 늘어졌던 두 손도 저절로 떨렸다. 식칼이 여전히 허벅지에 꽂혀 있었기 때문에 허벅지가 떨리자 식칼도 덩달아 쉴새없이 떨렸다. 식칼은 한참을 떨리고 나서야 땅에 떨어졌다. 무척 둔중한 소리가 났다. 상처에서 피가 천천히 흘러나왔다. 처마에서 빗물이 떨어지듯 땅에 떨어졌다. 한참 뒤에야 그는 비로소 처진 손을 끌어올려 땅에 있는 식칼을 집었다. 식칼을 잡은 손이 쉬지 않고 떨렸다. 그는 잠시 망설이다 두 손으로 칼을 잡고 상처에 다시 찔러넣었다. 그의 입에서 소름끼치는 괴성이 터져나왔다. 그는 천천히 허벅지에서 살 한 덩이를 잘라냈다. 그의 온몸이 극심하게 떨렸고 괴성도 더 요란해졌다. 그것은 이미 단말마의 비명이 아니라 야수의 끝없이 이어지는 지루한 오열과도 같았다.

　가까이 있던 사람들은 모두 그 소리에 강렬한 공포를 느꼈다. 그가 앉아 있는 길은 이미 텅 비어 있었지만 길가엔 사람으로 가득했다. 그들은 놀랍고도 두려운 마음으로 그 공포스러운 소리를 들었다. 대담한 사람들 몇몇이 가까이 가서 살펴보았다가 모두 허옇게 질려 돌아왔다. 몇몇 사람들은 흩어져 뒤로 물러나기 시작했다. 이제 막 온 사람들은 감히 앞으로 나서서 살필 생각을 못했다.

　괴성은 점점 잦아들었지만 사람들의 두려움은 왠지 모르게 점점 더 커졌다. 그 소리는 귀신의 울음소리나 늑대가 울부짖는 소리를 연상시켰다. 아주 먼 곳에서 들려오는 소리 같았다. 음침하고 귀에 거슬리는 소리였다. 사람들은 함께 모여 있는데도 혼자 컴컴한 밤길을 걷다가 소름끼치는 소리를 듣기라도 한 것 같았다. 소리는 등뒤에서 금방이라도 들이닥칠 것처럼 울렸는데, 더 멀어지지도 더 가까워지지도 않았다. 어떤 힘이 심장을 꽉 옥죄기라도 한 듯 사람들은 제대로 숨을 쉬지 못했다.

　"저놈을 밧줄로 묶어버려." 제대로 숨쉬지 못하는 목소리 하나가 사람들 속에서 터져나왔다. 그제야 사람들은 웅성거리기 시작했다. 하지만 밧줄로 꼭 매어놓은 듯 목소리가 제대로 나오지 않았다. 그들은 모두 찬성했다. 누군가가 잠시 자리를 뜨는가

싶더니 삼줄을 들고 왔다. 그러나 정작 가까이 가려는 사람이 아무도 없었다. 좀 전에 말을 꺼냈던 사람도 사라지고 없었다. 점점 작아지던 아까의 그 괴성이 세차게 땅을 쓸며 다가왔다. 사람들은 참을 수 없는 지경에 이르렀지만 자리를 뜨지도 못했다. 미치광이를 포박하지 않으면 등골을 오싹하게 하는 그 소리가 자신들의 귓가에서 떠나지 않을 것임을 직감했다. 그들이 멀리 가더라도 그 소리는 계속 끊이지 않고 울려댈 것이다. 그래서 사람들은 교통경찰에게 그 일을 떠맡겼다. 그의 일이었기 때문이다. 교통경찰은 혼자 다가가고 싶지 않았기 때문에 한참을 옥신각신하다 곁에 있던 젊은이 넷을 데리고 갔다. 다섯 사람의 손에는 몽둥이가 하나씩 들려 있었다. 미치광이가 들고 있던 칼로 그들을 공격이라도 하면 방어할 생각이었다.

그는 이제 더이상 오열하지 않았다. 통증도 느끼지 않았다. 다만 불에 덴 느낌만 받을 뿐이었다. 그는 다리에 상처를 입은 채 게거품을 내뿜었고, 온몸이 경직되었으며, 동작은 둔해져 있었다. 그 모습만 보면 이미 숨이 끊긴 듯도 했지만 그럼에도 그는 여전히 진지하게 어딘가에 정신이 팔려 있었다. 마지막으로 그가 두 손에서 힘을 풀자 식칼이 땅에 떨어졌다. 그는 죽은 것처럼 한참을 앉아 있다가 기나긴 숨을 토해내고는 기운을 끌어모아 또다시 식칼을 집어들었다.

다섯 사람은 삼줄을 들고 다가갔다. 그중 한 사람이 나무 몽둥이로 미치광이가 손에 쥔 칼을 쳐서 떨어뜨렸다. 다른 네 사람은 서둘러 삼줄로 그를 포박했다. 그는 저항하지 않았다. 그저 온 힘을 다해 간신히 고개를 들어 그들을 쳐다보았을 뿐이다.

그는 망나니 다섯이 자신을 향해 다가오는 모습을 보았다. 그들은 머리통과 피인지 살인지 분간할 수 없는 몸뚱이를 밟고 걸어왔다. 그 지저분하고 어지럽게 널린 근골들이 알아챌 수 없을 만큼 살짝 꿈틀했다. 그래도 그들은 평지를 밟는 것처럼 걸었다. 그는 그들 뒤에 있는 거대한 무리를 보았다. 무리는 살이 대부분 잘려나가 피범벅이 되어 있었다. 남은 살가죽으로는 뼈를 가릴 수 없었다. 무리는 망나니 다섯의 뒤를 따라 소리 없이 몰려오고 있었다. 그는 망나니 다섯이 손으로 마차 다섯 대를 끌고 오는 것을 보았다. 말발굽이 땅을 박차는 게 보이는데도 소리가 나지 않았다. 마차 바퀴가 땅 위에 깔린 머리통들과 시체들을 으깨며 오는데도 아무 소리가 나지 않았다. 그들이 점점 다가오자 그는 그들이 다가오는 이유를 깨달았다. 그는 도망치지 않고 묵묵히 그들을 지켜보았다. 그들은 이미 코앞에 와 있었다. 그들 뒤에 있던 피범벅을 한 뼈들은 뿔뿔이 흩어져서 그를 둥그렇게 둘러쌌다. 망나니 다섯이 다가왔다. 그중 한 사람이 그의 목을 잡왔다. 다른 네 사람이 그의 사지를 붙잡았다. 그는 누운 채로 공중으로 들어올려졌다. 그는 붉게 물든 하늘을 보았다. 딱딱하게 굳은 암홍색 핏덩이가 공중에서 날아다녔다. 그는 자기 목이 거친 밧줄로 묶이는 느낌을 받았다. 이어서 사지도 같은 밧줄에 묶였다. 마차 다섯 대가 다섯 방향으로 자리를 잡고 섰다. 다섯 망나니가 각자 자기 마차에 뛰어올랐다. 그의 몸은 금세 달아올랐다. 다섯 망나니가 가죽 채찍을 휘두르자 검은 뱀 같은 채찍 다섯 개가 허공을 가르며 날아갔다. 채찍은 공중에서 잠시 머물렀다가 말을 때리기 시작했다. 그러자 마차 다섯 대가 다섯 방향으로 내달렸다. 그는 삽시간에 몸통에서 분리된 자신의 사지와 머리를 보았다.

몸통은 바로 묵직한 소리를 내며 떨어져 다른 수많은 몸통과 섞였다. 그러나 머리통과 사지는 여전히 공중에서 날고 있었다. 잠시 후 다섯 망나니가 말을 멈춰 세우자 그의 머리와 사지도 땅바닥에 떨어졌고 다른 머리통과 사지에 섞였다. 다섯 망나니가 말을 끌고 멀어지자 피범벅이 된 뼈들도 그곳을 향해 갔다. 곧 전부 사라졌다. 그는 자신의 머리통과 사지, 몸통을 찾기 시작했지만 찾을 수가 없었다. 땅에 널린 머리, 사지, 몸통 속에 이미 섞여버렸기 때문이다.

황혼이 내리기 시작하자 거리를 오가는 행인들이 봄철에 길에 떨어진 나뭇잎만큼 드물어졌다. 사람들은 식탁을 둘러싸고 앉아 김이 모락모락 나는 요리를 맛보고 있었다. 밝은 등불이 창문을 통해 집 밖으로 흘러나와 달빛과 섞였고, 가로등의 불빛과도 섞였다. 작은 마을 전체가 한줄기 빛 속에서 목욕을 하고 있었다.

사람들은 식탁에 둘러앉아 하루의 끝을 향해 가고 있었다. 그 순간 그들은 조금도 아쉬움을 느끼지 못했다. 황혼이 내렸다는 사실만으로도 그들은 환희를 느꼈다. 비록 하루가 끝나가고 있지만 가장 아름다운 순간은 바로 지금, 자유로운 밤인 것이다.

사람들은 유쾌하게 먹고 떠들어댔다. 식탁 앞에서 쏟아지는 모든 대화가 웃음과 즐거움을 선사했다. 그들은 곧 낮에 보고 들은 기괴한 광경과 괴상한 소문에 대해 떠들기 시작했다. 바로 그 미치광이에 관한 이야기였다.

그 미치광이가 칼로 자해를 했다는 이야기를 들은 이들은 처음에는 하나같이 경악을 금치 못했지만 이내 껄껄 웃어젖혔다. 그리고 미치광이가 한 행동들에 대해 말하기 시작했다. 미치광이가 쇠톱으로 자기 코를 베고 자기 다리도 잘랐다고. 그러고는 또다시 경악하며 탄식을 쏟아냈다. 연민이라고는 눈곱만큼도 없는, 경악만이 담긴 탄식이었다. 미치광이에 대해 이야기를 나누는 그들에게 공포는 이미 사라지고 없었다. 그들은 그 일을 몹시 재미있어했다. 그러나 재미있는 일은 작은 마을에서 빈번하게 일어나는 법이다. 늘 그런 식이었다. 하나에 물리면 다른 새로운 재미난 일이 끊임없이 생겼다. 늘 그랬듯 그들은 식탁 앞에 앉았다가 다른 곳으로 떠나갔다.

사람들은 창가로, 베란다로 걸어갔다. 밝은 달빛을 보았고, 따뜻한 공기를 느꼈다. 그들은 이렇게 말했다. "나가자고." 그들은 바로 걸어나갔다. 그들은 식사 후 산보가 건강에 좋다는 것을 알았다. 나가고 싶지 않으면 텔레비전 앞에 앉아서 자신들과는 무관하지만 비슷해 보이는 타인의 삶을 구경했다. 젊은이들은 이미 거리로 나가고 없었다.

자식들이 언제 나갔는지 부모는 아예 알아채지도 못했다. 그저 밥을 먹을 때 그들이 식탁 앞에 앉아 있었다는 사실만 기억할 뿐이었다.

젊은이들이 거리로 나오자 밤이 달아오르기 시작했다. 그들이 어지럽게 쏘다니자 등불 빛도 산란해졌다. 그러자 조금 전의 고요함도 흐트러졌다. 그들은 각각 영화관으로, 클럽으로, 친구를 만나러, 연애를 하러 뿔뿔이 흩어졌다. 그러나 거리에는 여전히 사람들이 오갔고, 군중은 늘 하던 대로 상점 입구로 파도처럼 밀려들어갔다가 다른 쪽 문으로 쏟아져나왔다. 그들은 그저 거리를 걷기 위해 나온 것이었다. 상점에 들어간 것도 걷기 위해서였다. 부모들은 조금 걷고는 바로 집으로 돌아갔다. 젊은이들은 더 걸어야 했다. 걸을 필요가 있었기 때문이다. 그들은 걸을 때에야 비로소 자신이 젊다는 사실을 실감했다.

그러나 밤은 너무나 짧았다. 밤이 시작되는가싶으면 금방 한밤중이었다. 밤이 끝나려 하자 젊은이들은 서로 "내일 보자"는 인사를 건네고 각자 집으로 돌아가기 시작했다. 그러나 그들의 마음은 여전히 희열로 가득했다. 그 밤을 충분히 만끽했기 때문이다. 게다가 내일도 계속 그 기쁨을 누릴 수 있을 것이었다. 그래서 그들은 들뜬 마음으로 집으로 돌아갔다. 그러자 거리는 다시 고요해졌다.

상점들의 등불은 이미 꺼졌고, 가정집들의 등불도 꺼졌거나 꺼지는 중이었다. 남은 것은 가로등뿐이었고, 달빛만이 세상을 비추고 있었다. 사람들이 잠에 혼곤히 빠져들면서 작은 마을도 깊은 잠에 빠지기 시작했다. 그러나 오래 잠들지는 못할 것이다. 남은 밤이 금세 지나고 새벽의 태양이 곧 떠오를 것이기 때문이다.

미치광이는 밧줄에 꽁꽁 묶인 채 그 자리에 앉아 있었다. 줄곧 미동도 하지 않았다. 정신이 혼미했던 그는 동이 틀 즈음에야 깨어났다. 막 태양이 떠오르려 했다. 동쪽에서 한줄기 찬란한 붉은 빛이 쏟아졌다. 그가 깨어났을 때 처음 본 것은 그 붉은 빛줄기였다. 그 순간 울부짖음 소리를 들은 것 같았다. 그 울부짖음은 먼 곳에서 들리다 점점 가까워지면서, 작은 떨림에서 큰 울림으로 변하고 있었다. 마치 셀 수 없이 많은 짐승들이 오열하며 달려드는 것 같았다. 그제야 비로소 그는 정신을 차렸다. 활활 타오르는 큰불을 보았기 때문이다. 이제 그는 울부짖음이 그곳에서 흘러나오고 있다고 단정할 수 있었다. 무수한 몸들이 온갖 자세로 떨어지는 광경이 보이는 듯했다. 그래서 그는 기쁨에 펄쩍펄쩍 뛰면서 그곳으로 달려갔다.

마치 깊은 잠에서 깨기라도 한 것처럼 그의 마음속에서 완전히 새로운 감각이 느릿느릿 솟아올랐다. 그는 자신도 모르는 사이에 눈을 부릅떴다. 여명 속에 길이 누워 있고 저멀리 오동나무가 서 있는 풍경이 연극무대의 배경 같았다.

오랫동안 의식을 잃었던 그는 어느 순간 정신을 차렸다. 안갯속 같던 그의 머릿속이 천천히 개기 시작했다. 안개가 걷히자 그의 머릿속은 아무것도 없는 텅 빈 방이 되었다. 그 방의 작디작은 창문을 통해 무언가가 보이기 시작했다. 이윽고 완전히 새로운 풍경이 그 창문을 통해 들어왔다.

그러나 그는 이제 아무것도 느낄 수 없었다. 손발을 움직이고 싶었지만 꿈쩍도 할 수 없었다. 머리를 흔들어보려고 했지만 움직이지 않았다. 그러나 정신만은 점점 맑고 또렷해졌다. 움직일 수 없는 것은 몸뿐이었다.

그는 자신이 육신을 잃고 있음을 확실히 느꼈다. 정신이 또렷해질수록 몸은 더 딱딱하게 굳어갔다. 결국 육신은 사라질 것이고 찾을 수 없게 될 것이다. 그 생각에 두려움이 솟구쳤다.

그는 무언가를 생각하기 시작했다. 생각나는 것들이 너무 많아서 머릿속이 어지러웠다. 그는 온 힘을 다해 그것들을 정리했다. 오래지 않아 그는 자신이 학교 행정실에 있다는 사실을 떠올렸다. 형광등 두 개가 밝게 빛나고 있었다. 지붕 위로 북서풍이 불었다. 탁자에는 먼지가 수북이 쌓였지만, 유리창은 유난히 말끔했다. 그는 자기가 걷고 있다고, 슬리퍼를 신은 채 걷고 있다고 생각했다. 수많은 이들이 그와 서로 밀치며 걷고 있었다. 어느 순간 사람들이 그의 집으로 뛰어들어간다는 느낌이 들었다. 그때 그는 발을 씻고 있었고, 아내는 침대 옆에 앉아 있었으며, 딸은 잠든 뒤였다.

이제 그는 완전히 깨어났다. 방금 그가 생각해낸 것들이 모두 지난밤에 벌어진 일임을 깨달았다. 이제 아침놀이 번지고 있었다. 해는 아직 나오지 않았지만 곧 나올 것이다. 그는 그 일들이 지난밤에 일어난 일이라는 것을 확신했다. 그는 어젯밤 집에서 끌려나왔다. 그 순간에도 아내는 여전히 침대 옆에 앉아 있었다. 아내는 꼼짝하지 못한 채, 그가 끌려가는 모습을 지켜보았다. 그의 딸은 울었다. 딸은 왜 운 걸까?

지금은 또 그가 있는 곳이 학교 행정실이 아니라는 느낌이 들었다. 말끔한 유리창과 먼지가 두껍게 앉은 업무용 책상이 아니라 거리와 오동나무가 보였기 때문이다. 그는 자기가 어떻게 이곳에 오게 되었는지 몰랐다. 기운을 내어 머릿속을 다시 한번 정리해보았다. 하지만 여전히 자신이 왜 이곳에 있는지 알 수 없었다. 그는 더 생각하지 않기로 했다. 얼른 집에 가야 한다는 마음뿐이었다. 아내와 딸은 아마 자고 있을 것이다. 딸은 아내의 팔을 베고 자고, 아내는 자기 팔을 베고 자야 했다. 그런데 그는 지금 이곳에 있었다. 집에 돌아가야 했다. 그는 벌떡 일어나고 싶었지만 몸이 말을 듣지 않았다. 그는 자신의 몸을 어디에 떨어뜨린 것인지 알 수 없었다. 몸이 없으면 집에 갈 수 없고, 집에 가지 못하면 속상할 터였다. 그 거리가 몹시 친근하게 느껴졌다. 그 거리를 따라 앞으로 가다가 곧 길을 틀어야 한다는 걸, 그러면 자기 집 창문이 보인다는 사실을 그는 알고 있었다. 순간 자신이 집에서 가까이 있다는 걸 깨달았지만 그에게는 몸이 없었다. 집에 돌아갈 방법이 없었다.

이제 그는 두꺼운 책을 들고 사범학교 교정을 걷고 있다고 느꼈다. 그는 자신을 향해 걸어오는 갈래머리 아내를 보았다. 그러나 그때는 서로를 알지 못했다. 그저 서로를 스쳐지나갔을 뿐이다. 스쳐지난 다음 무심코 고개를 돌렸을 때 아름다운 붉은 나비 두 마리가 보였었다. 그는 거리에 큰 눈이 내리는 광경을 본 것 같기도 했다. 거리를 걷던 사람들이 허리를 굽히고 눈을 집어든 다음 읽는 걸 보았었다. 거리 옆 우체통 앞에서 죽어 있는 사람을 보았었다. 흘러나온 피가 채 굳지도 않은 상태였었다. 눈발이 날려 그 사람의 얼굴을 반쯤 덮었었다.

이미 해가 솟아 있었다. 햇살이 먼 곳의 구름을 타고 소리도 기척도 없이 미끄러져내렸다. 그는 누군가가 그 거리를 걷는 것을 보았다. 그들을 보고 있자니 마치 먼 곳에 앉아 무대를 바라보는 것 같은 기분이 들었다. 그들이 무대에 나타났다. 무대 위에서 말하며 갖가지 동작을 취했다. 그는 그들 사이에 있지 않았다. 무엇인가가 그와 그들 사이를 가로막고 있었다. 그들은 그들, 그는 그일 뿐이었다. 그는 자신이 일어나서 멀리 떨어진 무대를 향해 걸어가고 있다고 느꼈지만 여전히 제자리였다. 무대가 점점 물러나는 것 같았다.

날이 밝을 무렵 그녀는 깨어났다. 주방에서 그릇과 접시가 부딪치는 소리가 들려왔다. 그녀는 아버지가 벌써 아침을 준비하나보다고 생각했다. 어머니는 여전히 그 자리에 그 모습 그대로 앉아 있었다. 그녀는 앞으로 얼마나 이런 상황이 계속될지, 어떻게 전개될지 알 수 없었다. 그런 생각은 하고 싶지 않았다. 그녀는 잠자리에서 일어나면서 창의 커튼이 언제나처럼 빛나는 것을 보았다. 그녀는 해가 꽤 높이 떴다는 걸 깨달았다. 정말이지 커튼을 아예 뜯어버려 햇살이 깨끗한 유리창을 통해 침대와 그녀의 온몸을 비추게 하고 싶었다. 침대에서 내려온 그녀는 거울 앞에서 천천히 머리를 빗기 시작했다. 거울 속의 자신은 생기 없고 초췌한 얼굴을 하고 있었다. 그녀는 오늘은 또 어떻게 보내야 하나 생각했다. 그런 생각을 하면서 밖으로 걸어나왔다. 그녀는 문득 바깥이 밝다는 사실을 깨닫고 흠칫 놀랐다. 창문의 커튼이 젖혀져 있었다. 그곳으로 햇빛이 쏟아져들어오고 있었다. 거기 의자가 텅 빈 채 놓여 있었고, 햇빛이 의자의 모서리 한쪽을 비추었다.

엄마는? 그녀는 생각했다. 그녀는 바싹 긴장했다. 주방으로 걸음을 재촉했다. 주방에서 그녀가 본 것은 아버지가 아니라 어머니였다. 마침 어머니가 뒤돌아서더니 그녀를 보고 친근하게 웃었다. 어머니의 머리는 단정하게 빗어져 있었다. 얼굴이 많이 상하긴 했지만 안색은 조금씩 예전으로 되돌아가고 있었다. 깜짝 놀라는 그녀에게 어머니가 가볍게 말했다. "나, 날이 밝았을 때 그 사람 발소리를 들었다. 그 사람, 이젠 멀리 갔어." 무척 지친 듯한 목소리였다. 그러나 어머니는 무거운 짐을 내려놓은 듯 홀

가뿐한 미소를 지었다. 그리고 다시 돌아서서 하던 일을 계속했다. 그녀는 어머니의 뒷모습을 한참 바라보았다. 그러고는 무슨 생각이 떠올랐는지 바로 뒤돌아나갔다. 그녀는 등뒤에 서 있던 아버지를 발견했다. 아버지의 표정이 햇빛처럼 환했다. 그녀는 아버지가 이미 알고 있다고 생각했다. 아버지는 손을 내밀어 그녀의 뒷머리를 가볍게 토닥였다. 그녀는 허옇게 세어버린 아버지의 머리칼을 보았다. 왜 그렇게 머리가 세었는지 그녀는 알고 있었다.

아침을 먹은 후 어머니는 장바구니를 들고 그녀와 그녀의 아버지에게 물었다. "뭐 먹고 싶은 거 없어요?" 어머니의 목소리에는 자책감이 섞여 있었다. "너무 오랫동안 맛있는 걸 못해줘서."

아버지와 그녀는 서로를 바라보았다. 아버지나 그녀나 어떻게 대답해야 할지 몰랐다. 어머니는 잠시 기다리더니 살짝 웃으며 물었다. "뭐 먹고 싶어요?"

그녀는 한참을 생각해보았지만 먹고 싶은 게 떠오르지 않았다. 그래서 다시 아버지를 바라볼 수밖에 없었다. 그때 아버지가 그녀에게 물었다.

"넌 뭘 먹고 싶니?"

"아빠는요?" 그녀는 반문했다.

"나는 다 먹고 싶구나."

"나도 다 좋아요." 그녀가 말했다. 그녀는 자기가 말을 잘했다고 생각했다.

어머니가 말했다. "좋아. 내가 전부 사올게."

세 사람은 가볍게 웃음을 터뜨렸다. 그녀가 말했다. "저도 같이 가요." 어머니가 고개를 끄덕였다. 그래서 세 사람은 함께 길을 나섰다.

그녀는 부모를 되찾았다. 예전의 생활로 돌아가게 된 것이다. 그들은 이제 함께 걷고 있었다. 이웃들도 다시 그들과 농담을 주고받았다. 농담도 예전과 같았다. 그녀는 부모 사이에서 걸었고, 기쁨으로 가슴이 벅차올랐다.

골목 입구에 도착하자 아버지는 오른쪽으로 걸어갔다. 출근을 해야 했다. 그녀와 어머니는 그 자리에 서서 아버지의 말쑥한 뒷모습과 힘차게 걷는 두 다리를 바라보았다. 아버지는 몇 발 걷다 고개를 돌려 아내와 딸이 여전히 자기를 지켜보고 있는 것을 확인했다. 그의 걸음걸이가 더 시원스러워졌다. 그 모습에 그녀와 어머니는 참지 못하고 웃음을 터뜨렸다.

그때 그녀는 갑자기 무슨 생각을 떠올리고 다급하게 큰 소리로 외쳤다. 아버지가 걸음을 멈추고 뒤돌아보았다.

그녀는 큰 소리로 외쳤다. "고무공 하나 사다주세요."

아버지는 퍽 놀란 듯했지만 이내 고개를 끄덕이고는 뒤돌아 걸어갔다. 그녀는 흐르는 눈물을 참지 못했다. 어머니는 고개를 돌려 못 본 척했다. 그리고 두 사람은 아무 말 없이 걷기 시작했다.

그들은 앞쪽에 사람들이 모여 있는 것을 보고 그쪽으로 발길을 옮겼다. 그리고 거기서 그 미치광이를 보았다. 그는 우체통 옆에 묶인 채 죽어 있었다. 마치 몸에 붉은 칠이라도 한 것처럼 온몸이 피로 뒤덮여 있었다. 몇 사람이 상스러운 욕을 퍼부으면서 그를 들어올려 짐수레에 던졌다. 또다른 사람 하나가 욕을 퍼부으며 물을 한 통 떠와서는 핏자국이 가득한 길 위에 쏟아부었다. 그러고는 빗자루로 대충 몇 번 쓴 다음 가버렸다. 짐수레도 누군가가 밀고 갔다.

모여 있던 사람들도 흩어졌다. 모녀도 가던 길을 계속 갔다. 그녀는 미치광이가 짐수레에 던져지는 걸 본 순간 문득 마음이 가벼워지는 느낌을 받았다. 걸어가면서 그녀는 어머니에게 어쩌다가 그 미치광이를 두 번 본 적이 있다고 말했다. 어머니는 그 얘기를 들으며 웃음을 터뜨렸다. 그 순간 햇빛이 거리를 비추었다. 모녀는 거리를 걷고 있었다. 햇빛 속에서.

6

그렇게 봄이 가고 여름이 왔다. 여름이 왔지만 사람들은 조금도 느끼지 못했다. 봄이었을 때 그들은 여름을 맞을 준비를 했었다. 그런데도 여전히 여름이 오는 소리를 듣지 못했다. 몸에 걸친 옷이 점점 가벼워지고 있다는 것만 느낄 뿐이었다. 사람들 가운데 누구도 여름이 온 것을 느끼지 못했다. 그들은 여전히 봄이라고 생각했다. 하루하루가 똑같이 아름다웠다. 그래서 그들은 봄이 계속되고 있다고 생각한 것이다. 그들은 봄이 계속될 거라고 믿었다. 그러나 서양식 반바지와 치마를 입고 거리를 걷다가 문득 여름이 왔다는 사실을 깨달았다. 매미 우는 소리와 아이스크림 통을 두드리는 소리가 들려오기 시작했다. 더이상 햇빛이 좋지 않았다. 이제 좋은 것은 나무 그늘이었다. 그래서 그들은 봄보다 여름의 밤을 더 좋아하게 되었다. 그날 밤은 우물물처럼 맑고 시원했다. 미풍도 살랑살랑 불었다. 밤이 되면 사람들은 너 나 할 것 없이 집 밖으로 나왔다. 베란다에 있던 의자는 문 앞에, 대나무 평상은 골목에 내놓았다. 그리고 많은 사람들이 들판으로 나갔다. 구불구불 끝없이 펼쳐진 논두렁으로 가서 달빛이 가득 비치는 논둑길을 걸었다. 청개구리가 양쪽 논에서 소리 높여 울고, 반딧불이 빛을 뿜으며 주위를 날아다녔다.

해가 산 밑으로 숨고 저녁노을이 질 무렵 집에서 걸어나온 그녀는 골목 입구에서 친구와 마주쳤다. 그녀는 친구가 자신이 입은 것처럼 고운 치마를 입고 있는 것을 보았다. 그들은 어깨를 나란히 하고 큰길로 나섰다. 친구의 치마가 펄럭거려 그녀의 치마에 닿았고 그녀의 치마도 친구의 치마에 닿았다. 그녀는 치마들이 온통 나부끼는 거리를 보았다. 적지 않은 치마들이 문 앞마다, 골목 입구마다 나타나서 펄럭이고 있었다. 거리의 치마들은 그렇게 모이고 또 흩어졌다. 거리의 치마들은 마치 춤을 추고 있는 것 같았다.

　그때 그들은 한 미치광이가 벼룩처럼 폴짝폴짝 뛰어오는 것을 보았다. 모양새가 깔끔한 미치광이였다. 그는 연방 "누이"를 외치며 다가왔다.

　그들은 그 사람이 누군지 알았다. '문화대혁명' 중에 미쳐버린 사람이었다. 그의 아내는 이미 그와 이혼했고 그의 딸은 그들의 친구였다. 그는 "누이"라고 외치고 있었다. 자기 아내를 찾는 거였다.

　"저 사람 정말 오랜만이네. 죽은 줄 알았는데." 친구가 이렇게 말하고는 그녀의 손을 가볍게 잡아당겼다. 그리고 앞에서 걸어오는 모녀를 몰래 가리켰다. "바로 저 사람들이야." 친구가 목소리를 낮추었지만, 친구가 말하지 않아도 그녀는 이미 알고 있었다.

그녀는 그 모녀가 미치광이를 스쳐지나가는 모습을 보았다. 그들은 서로를 몰라보는 것 같았다. 미치광이는 여전히 펄쩍펄쩍 뛰면서 "누이"를 외쳐대고 있었다. 그 모녀는 고개도 돌리지 않고 계속 가던 길을 갔다. 그들의 걸음걸이는 몹시 우아했다.

이 글을 소녀 양류에게

此文獻給少女楊柳

1장

1

아주 오랫동안 나는 물처럼 평온하게 살아왔다. 내가 사는 곳의 이름은 옌이다. 나는 그곳 강가에 자리잡은 단층집에서 산다. 이 집은 상상력이라곤 찾아볼 수 없는 직사각형 구조인데, 그 모습이야말로 내 생활이 얼마나 간결하고 명료한지 보여준다.

나는 이 작은 마을 곳곳을 어슬렁거릴 때 나는 내 발소리가 무척 좋다. 낯선 이의 발소리 같은 소리. 이곳에 산 지 오래되었지만 나는 내 발소리의 순결함을 지켜내는 데 성공했다. 거리에 울리는 세속적인 소리 틈에서도 나의 발소리는 변질되지 않았다.

나는 모든 위험한 인간관계를 거부한다. 예전에 사람들이 보내는 미소에서 두려움을 느낀 적이 여러 번 있다. 분명 사귀고 싶다는 욕망을 표현하는 미소였다. 나는 모른 척했다. 그 미소

뒤에 숨은 음흉한 속내를 한눈에 알아보았기 때문이다. 미소를 보낸 사람은 나의 삶에 침입해 내 삶을 점령하려 했다. 그는 거칠게 내 어깨를 두드리더니 강가에 있는 내 단층집 문을 열라고 협박했다. 그리고 자기 침대라도 되는 양 내 침대에 누우려 했다. 제멋대로 의자 위치까지 바꾸었다. 떠날 때는 연거푸 세 번 재채기를 했는데, 그 재채기가 내 보금자리를 영원히 점령해버릴 것 같아 바로 모기향을 잔뜩 피웠지만 그 기운은 가시지 않았다. 얼마 후 그가 부엌에서 나는 잡내를 온몸으로 풍기는 사람을 몇 명 데려왔다. 재채기는 하지 않았지만 그들의 입은 세균으로 가득했다. 그들은 큰 소리로 시시덕거리면서 우리 집을 온통 세균으로 더럽혔다. 그때 나는 점령당한 정도가 아니라 팔려나가기라도 한 듯한 기분이었다.

이 일 때문에 나는 밤중에 돌아다니는 걸 더 좋아하게 되었지만 이것은 모든 것을 거부하려는 내 의지에 대한 회의는 결코 아니다. 어두컴컴한 밤이 되면 군중에서 멀리 떨어져 있는 듯한 안정감을 느낄 수 있기 때문이다. 나는 주택가의 모든 창문을 관찰해봤는데 예외 없이 모든 창문에 커튼이 달려 있었다. 그 사실을 깨닫자 주택가에 대한 호감도가 높아졌다. 커튼은 나와 타인을 격리시킨다. 그래도 위험은 여전히 존재한다. 격리는 결코 강력하지 않다. 주택가의 좁은 길로 들어서면 간염 환자 병동의 복도라도 걷는 기분이 들기 때문에 각별히 조심하게 된다.

나는 한밤중에 그 커튼들을 관찰했다. 등불이 커튼을 신비스럽게 비추고 있었다. 한 창문의 커튼이 미풍에 살짝 움직이면서 위쪽에 수놓인 꽃무늬가 요기스럽게 흔들렸다. 그 모습이 우리 집 아래 맑게 반짝이며 흐르는 강물을 생각나게 했다. 강물이 어디에서 굽어 돌아나가는지, 어떻게 흐르는지 알 수 없다는 불확실성이 내 꿈속에서 종종 눈발이 흩날리는 풍경으로 나타나곤 했으니까. 대개 커튼은 가만히 내 시야에 잡혔다. 그래서 나는 충분한 시간을 가지고 그 빛을 관찰할 수 있었다. 커튼의 풍부한 빛깔과 무늬가 내 눈을 어지럽혔다. 하지만 결국 나는 그 빛깔과 무늬를 단순하게 만들어, 커튼 너머 그 빛이 깊은 밤 길 한복판에 똬리를 튼 뱀의 눈빛과 다르지 않다는 것을 발견했다. 이후 나는 주택가에 들어설 때마다 수천 마리 뱀의 눈빛 속으로 들어가는 느낌을 받았다.

이 사실을 발견하고 아주 오랜 시간이 흐른 뒤인 1988년 5월 8일, 바로 그날 한 젊은 여자가 나를 향해 걸어왔다. 내 삶을 망치기 위해서, 또는 더이상 완벽할 수 없게 만들기 위해서. 결과적으로는 그녀가 오고 나서 무언가 변화가 일어났다. 어느 날 새벽 눈을 떴더니 침실에 침대가 하나 더 늘어나 있거나 혹은 온데간데없이 사라져버렸거나 하는 것 같은 변화가.

2

사실 내가 외지인을 알고 지낸 지는 오래되었다. 나는 그의 몸에서 본 정맥의 모양을 근거로, 그가 사방이 풀밭인 지역에서 왔다고 판단했다. 처음 그를 본 것은 어느 여름날 정오였다. 찜통더위 탓에 그는 윗옷을 벗고 있었다. 그의 피부는 막 껍질을 벗겨낸 나무줄기 같았다. 나는 그의 피부 밑에 풀처럼 무성하게 자라난 정맥을 보았다.

도대체 언제부터 외지인을 알게 됐는지는 도무지 기억나지 않는다. 그저 아주 오래전이라는 것만 생각난다. 그러나 찬찬히 돌이켜보면 그날의 하늘의 색깔과 나무에서 울던 매미 소리까지도 기억해낼 수 있을 것이다. 외지인은 시멘트 다리 측벽에 장식으로 뚫어놓은 굴 속에 단정하게 앉아 있었다. 여름에 그런 곳을 고르다니, 감탄하지 않을 수 없었다.

외지인은 보자마자 안심이 되는 부류의 사람이었다. 굴 속에 단정히 앉아 있는 모습이 침착하기 이를 데 없어서 나는 그에게 걸어갔다. 그와 십 미터쯤 떨어진 곳까지 다가갔을 때 나는 그가 내 직사각형 집의 문을 두드리지도 않을 것이고, 내 침대에서 잠을 자거나 꿈을 꾸지도 않을 것임을 알았다. 그는 내 의자에도 별 흥미를 느끼지 못할 터였다. 그를 향해 걸어가면서 나는 그와 대화를 나누게 될 거라는 사실을 알았다. 그리고 그 대화의 성격도 이해했다. 그것은 채소를 씻는 여인이나 조개탄 난로에 불을 붙이는 남자와 나누는 대화와는 완전히 다를 것이었다. 그래서 그가 나에게 미소를 지었을 때 나도 얼른 미소를 지어 보였다. 곧 우리는 대화를 나누기 시작했다.

나는 신중을 기하기 위해서 줄곧 그 굴 밖에 서 있었다. 그러다 그가 말할 때 온갖 손동작이 끊이지 않는다는 것을 발견했다. 그 손동작은 타인이 그 안으로 들어오는 걸 환영한다는 표현 같았다. 나는 그 길로 안으로 걸어들어갔다. 내가 들어가자마자 그는 백지 몇 장을 땅바닥에 깔더니 연필로 종이 위에 선을 잔뜩 그었다. 그가 방금 전에 해보였던 손동작 같은 선들을. 나는 백지 위에 앉았다. 그렇게 하는 게 그의 뜻에 따르는 것임을 나는 알고 있었다. 그런 다음 나는 삼십 센티미터 앞쪽에서 미소 짓고 있는 그를 보았다. 그 미소는 내가 그 작은 마을 옌에서 본 모든 유의 미소 가운데 유일하게 안전한 미소였다.

담담한 그의 목소리를 듣고 있으니 다리 아래를 천천히 흐르는 강물이 떠올랐다. 나는 바로 그의 말소리에 적응했다. 우리가 서로 가까워지게 된 과정이 놀랍지 않은 건 그의 목소리가 딱 적당했기 때문이다. 그가 부산한 손동작을 줄이기 시작했다. 내가 자신의 목소리에만 집중할 수 있도록 하기 위해서였다. 그는 나에게 시한폭탄에 관한 일을 말해주었다. 시한폭탄은 수십 년 전의 한 전쟁과 연결되어 있었다.

1949년 초, 국민당 상하이방어군 사령관 탕언보는 쑤저우와 항저우 등지를 포기하고 상하이를 지키는 데 병력을 집중하기로 결정했다. 그래서 작은 마을 옌을 점령했던 국민당의 한 대대는 밤을 이용해 철수를 단행했다. 철수하기에 앞서 탄량이라는 사내가 공병을 지휘해서 시한폭탄 열 개를 묻었다. 탄량은 퉁지 대학 수학과 출신이었다. 별빛이 밝고 소슬바람이 부는 밤이었다. 그는 복잡한 기하학적 도형을 이용하여 열 개의 폭탄을 묻었다.

탄량은 옌에서 가장 마지막으로 철수한 국민당 장교였다. 마을을 벗어난 그가 마지막으로 되돌아보았을 때 그 작은 마을은 별빛 속에서 대나무 숲처럼 고요했다. 그때 그는 수십 년이 지난 뒤 자신이 다시 그곳에 서리라는 걸 예감했는지도 모른다. 그 불행한 예감은 1988년 9월 3일에 현실이 되었다.

탄량은 부대와 함께 상하이로 진주했지만, 상하이가 해방되었을 때 길게 줄지어 걷는 포로 행렬 속에는 없었다. 탄량은 해방되기 전에 상하이를 벗어난 것이 분명했다. 그가 이끌던 공병대는 그때 이미 저우산*에 가 있었다. 저우산 방어에 실패한 후 탄량도 실종되었다. 전쟁에 패해 타이완으로 퇴각한 다수의 국민당 장교와 사병 중에는 탄량이 이끈 공병대 소속의 사병 세 사람도 있었다. 세 사람 모두 탄량이 이미 바다에 빠져 죽었다고 생각했다. 탄량이 탄 배가 파도에 부서져나가는 모습을 두 눈으로 직접 보았기 때문이다.

1988년 9월 2일 오후 다섯시 무렵 선량이라는 늙은 어부가 저우산의 딩하이 항구에서 상하이로 가는 정기선에 올랐다. 그는 선실 2층침대 위에 누워, 흔들리는 배에 몸을 맡긴 채 밤을 보냈다. 하룻밤이 마치 수십 년처럼 길게 느껴졌다. 다음날 새벽 배는 상하이 16호 부두에 도착했다. 선량은 승객들 틈을 비집고 나가 육지에 내렸다. 그러고는 전차를 타고 쉬자후이 서쪽 구역에 위치한 시외버스 터미널에 도착했다. 그날 아침 일곱시 정각에 그는 일곱시 반에 옌으로 떠나는 버스표를 구입했다.

1988년 9월 3일 오전, 선량은 옌으로 가는 버스에 있었다. 옆자리엔 먼 곳에서 온 청년이 앉아 있었다. 청년은 눈병 때문에 상하이의 한 병원에 한 달 동안 입원했다가 퇴원하는 길인데 사정이 있어서 집으로 바로 가지 않고 옌으로 간다고 했다. 버스 안에서 선량은 이 청년에게 수십 년 전 이야기를 들려주었다. 탄량이라는 국민당 장교가 공병대를 지휘해서 작은 마을인 옌에

---

* 상하이 근처, 저장 성(省) 동북부 앞바다에 있는 군도.

열 개의 시한폭탄을 묻어두었다는 내용이었다.

3

외지인이 말했다. "십 년 전."

그때까지도 그의 목소리는 여전히 담담했지만 나는 그 속에서 어떤 변화를 감지했다. 다리 아래 흐르는 물이 거꾸로 흐르기 시작한 것 같은 느낌. 외지인의 표정과 태도에 이미 분명하게 나타나 있었다. 그는 또다른 어떤 사건에 대해 이야기하기 시작했다.

그가 말을 이었다. "십 년 전, 그러니까 1988년 5월 8일이오."

나는 그가 살짝 착각을 했다고 생각했다. 1988년 5월 8일은 아직 오지 않았기 때문이었다. 나는 선의에서 그의 말을 정정해주었다.

"1978년입니다."

"아니오." 외지인은 팔을 내저으며 말했다. "1988년이오." 그는 나에게 설명을 해주었다. "만약 1978년이라면 그것은 이십 년 전이오."

4

십 년 전, 그러니까 1988년 5월 8일. 외지인의 삶에 뜻밖의 변화가 생겼다. 그 변화가 몇 달 뒤 그를 작은 마을 엔으로 이끌었다.

5월 8일 그날부터 그의 눈에서 눈물이 끊임없이 흐르기 시작했다. 시력도 점점 악화됐다. 그는 그 사실을 자신만 알고, 가족을 포함한 어느 누구에게도 말하지 않았다. 그는 시력 감퇴가 5월 8일에 벌어진 사건과 연관되어 있음을 어렴풋이 깨달았다. 그 사건은 무척 비밀스러운 일이라 다른 사람에게 알릴 수 없었다. 그래서 그는 눈앞의 모습들이 점점 흐릿해지는 것을 속수무책으로 감내할 수밖에 없었다.

그러던 어느 날, 그의 아버지가 베란다 의자에 앉아 신문을 보고 있는데, 그가 오더니 의자 위에 걸쳐놓은 오리털 이불인 줄 알고 아버지의 목덜미를 움켜쥐었다. 이틀 후, 그를 잘 아는 모든 사람들은 그의 눈이 멀어가고 있음을 알게 되었다. 그는 가까운 병원으로 보내졌다.

그날부터 그는 자신의 몸에 책임을 지지 않았다. 다른 사람이 그의 몸에 관해 내리는 지시들을 따랐다. 그러나 머릿속에서는 그 비밀스런 일에 대한 생각이 끊이질 않았다. 자기 눈이 왜 멀어가는지를 아는 사람은 그뿐이었다. 그는 자기 몸이 차에 태워

졌다 다시 기차에 옮겨지는 것을 어렴풋이 느꼈다. 기차는 상하
이 역에 도착했고, 그는 상하이의 한 병원으로 옮겨졌다.

입원하고 보름도 채 지나지 않았을 때, 그러니까 1988년 8월
14일이었다. 외지에서 온 한 소녀가 홍커우 구區의 한 대로에서
갑자기 튀어나온 제팡 트럭에 치이는 사고가 발생했다. 소녀는
그가 입원해 있던 병원으로 바로 실려 왔다. 네 시간 뒤 소녀는
수술대 위에서 죽었다. 소녀가 숨을 거두기 한 시간 전, 집도의
는 소녀를 살릴 수 없다는 사실을 깨닫고 수술실 밖의 긴 의자에
서 어쩔 줄 몰라하며 앉아 있던 소녀의 아버지에게 소녀의 장기
를 파는 문제를 의논했다. 소녀의 아버지는 갑자기 참혹한 일을
당한 탓에 넋이 나갔던 게 분명했다. 질문에 대답은 했지만 아무
것도 제대로 이해하지 못했다.

소녀의 안구는 안과의사 세 사람이 그에게 각막이식수술을 하
는 데 사용되었다. 1988년 9월 1일 오전 그의 눈에 감겼던 붕대
가 영원히 제거되었다. 접혔던 종이부채가 눈앞에서 펼쳐지는
것처럼 어둠이 사라졌다. 그는 아버지가, 아니 정확하게 말하면
그의 아버지인 듯한 사람이 침대 앞에 서 있는 것을 보았다.

그는 병원에서 이틀 밤을 내리 잤다. 9월 3일이 되어서야 그는
퇴원했다. 그리고 그날 오전, 쉬자후이 서쪽 구역의 시외버스 터
미널로 가서 옌으로 가는 시외버스에 올랐다. 그의 아버지는 동

행하지 않고, 그를 차에 태워 보낸 후 바로 기차역으로 가서 기차를 타고 집으로 돌아갔다.

그는 아버지와 함께 귀가하지 않고, 전에는 들어본 적도 없는 작은 마을 옌으로 갔다. 그는 한 남자를 찾아 나섰다. 그 남자에게는 양류라는 이름의 딸이 있었다. 양류는 열일곱 살의 나이로 상하이에서 차에 치여 죽었다. 외지인에게 안구를 준 그 소녀인 것이다. 그가 회복되었을 때 한 간호사가 그에게 알려주었다. 그는 병원 수납창구에서 양류의 주소를 알아냈다. 옌의 취츠 골목 26번지였다.

상하이에서 옌으로 가는 길에는 아스팔트가 깔려 있었다. 그 초가을의 음울한 아침, 빛을 다시 본 지 삼 일째 되던 날, 외지인은 버스의 창밖에 펼쳐지는 잿빛 경치에서 눈을 떼지 않고 있었다. 그의 옆자리에는 노인이 앉았는데, 옷차림은 무척 깔끔한데 온몸에서 생선 비린내가 심하게 풍겼다. 줄곧 눈을 감고 있던 노인은 버스가 진산*에 도착하자 비로소 눈을 떴다. 그때까지도 외지인은 창밖을 내다보고 있었다. 버스의 전체 여정 가운데 사분의 일 정도가 남았을 때 노인이 말을 꺼냈다. 그는 자기 이름이 선량이며 저우산에서 태어났다고 했다. 노인은 특히 이 사실을

---

* 상하이 시 서남쪽에 있는 구(區).

강조했다.

"나는 태어난 이후로 저우산을 벗어나본 적이 한 번도 없소."

그들의 대화는 여기서 멈추지 않고 수십 년 전의 전쟁으로까지 나아갔다. 사실 그 대화에서 말을 하는 이는 노인뿐이었다. 외지인은 창밖을 내다보던 자세 그대로 시종일관 듣기만 했다.

노인은 집안 얘기라도 하는 것처럼 외지인에게 탄량이라는 국민당 장교와 열 개의 시한폭탄 이야기를 들려주었다. 1949년 초의 어느 밤 탄량이 옌을 벗어나 마지막으로 돌아보았을 때 작은 마을이 대나무 숲처럼 고요했다는 대목에 이르렀을 때 마침 버스가 옌에 거의 다다랐다.

버스가 작은 마을에 가까워지면서 음울한 하늘빛 탓인지 마음이 무겁고 어수선해졌다. 노인이 갑자기 말을 멈추고, 빠르게 가까워지는 작은 마을을 바라보았다. 노인의 눈이 죽은 생선 눈알 같았다. 노인은 외지인에게 더는 말하지 않았다. 탄량이 탄 배가 파도에 침몰되었다는 얘기는 며칠 뒤 시멘트 다리에서 외지인을 다시 만났을 때 언급되었다. 그들은 많은 대화를 나누었다. 외지인은 그 대화를 통해 탄량이 바다에 빠져 죽었다는 사실을 알게 되었다.

버스가 옌의 터미널로 진입했다. 외지인과 선량은 터미널을 맨 마지막으로 빠져나왔다. 몇 사람이 터미널 밖에 마중을 나와 있었다. 남자 둘은 담배를 피우고, 여자 하나는 자전거를 타고 지나가던 남자와 인사를 나누고 있었다. 외지인과 선량은 터미널을 나섰다. 함께 이십여 미터쯤 걸었을 때 선량이 걸음을 멈추었다. 노인은 정오의 햇빛 속에서 눈앞에 펼쳐진 그 작은 마을을 살피기 시작했다. 외지인은 계속 걸었다. 어쩌된 영문인지 걸어가는 동안 머릿속에 선량이 방금 전 버스에서 묘사한 최후의 풍경이 떠올랐다. 1949년 초 탄량이 마을을 떠나면서 달빛으로 둘러싸인, 대나무 숲만큼이나 고즈넉한 작은 마을을 돌아보는 장면이.

외지인은 계속 앞으로 걸었다. 누군가를 기다리는 듯 길가에 서 있는 젊은 여자에게 여관을 물었고, 그 여자는 손가락을 뻗어 한 방향을 가리켰다. 그래서 외지인은 계속 앞으로 가야 했다.

그는 시멘트로 포장된 길을 걸었다. 음침한 하늘 아래 서 있는 길 양쪽의 나무들은 먼지라도 뒤집어쓴 것처럼 손톱만큼의 생기도 없어 보였다. 그에 비하면 길가 주택들의 벽은 밝아 보였다. 석회가 다 떨어진 낡은 벽에도 한낮의 햇빛이 흘러넘쳤다.

그는 시멘트 다리 옆에서 걸음을 멈추었다. 민공* 수천 명이 강을 파내고 있었다. 그는 다리 위로 걸어간 다음 거기 서서 그들

---

* 농촌과 같은 외지에서 도시로 흘러들어온 서민 노동자.

을 내려다보았다. 민공 몇 사람이 시한폭탄을 캐내고 있었다. 그 순간 폭탄이 그의 마음을 완전히 점령해버렸다. 그리고 취츠 골목 26번지와 양류라는 소녀는 바싹 마른 나뭇잎처럼 그의 기억에서 날아가버렸다.

2장

1

1988년 5월 8일 밤, 나는 평소처럼 강가에 있는 집을 나섰다.

나는 최대한 소리를 내지 않으려고 조심스럽게 문을 닫았다. 내가 옆에 사는 상스러운 이웃들과는 다르다는 사실을 증명하고 싶었으니까. 이웃들은 문을 닫을 때마다 장작 패는 소리를 내곤 했다. 나는 세속의 기운이 뿜어져나오는 좁은 거리를 걸었다.

평소와 달리 달빛이 교교한 밤이었다. 달빛은 거리까지 닿지 못하고, 길 양쪽의 처마에만 걸려 있었다. 그 모습이 맑은 새벽의 빗물과 약간 비슷했다. 나는 검정 페인트를 칠한 것 같은 거리를 걸었다. 그 거리는 이 마을의 모든 거리가 그렇듯 나를 불안하게 만들었다. 어둠은 결코 나에게 절대적인 평안을 주지 못했다. 거리에서는 낮의 세속의 소리를 찾아볼 수 없었고, 고요함이 시나브로 퍼져나가고 있었다. 그 고요는 경망스러운 들꽃처럼 독기를 품고 나를 향해 활짝 열리기 시작했다.

거리를 걷는 동안 나는 아무도 만나지 못했다. 그것은 지금까지 내가 경험한 가장 유쾌한 산보였다. 그래서 나는 눈앞에 놓인, 이 마을에서 가장 넓은 대로를 바로 가로지르지 않고, 뒤돌아서서 달빛 아래 여전히 새카만 거리를 눈여겨보았다. 방금 전 거리를 걸을 때 느꼈던 불안은 전부 사라지고 없었다. 나는 머뭇거리며 앞으로 나아가지 않았다. 내가 다시 그 길을 걸을 가능성을 부정할 수 없었기 때문이다.

그렇다고 길목에서 계속 머뭇거릴 수도 없었다. 한 사람, 보다 정확하게 말하면 흐릿한 사람 그림자 하나가 그 거리에 나타났기 때문이다. 그의 발소리는 유난히 또렷했다. 그가 신은 구두는 아무 상점에서나 살 수 있는 흔한 것이었고, 게다가 그의 구두에 박은 징도 길가의 구두장이에게서 박은 평범한 것일 뿐인데도 말이다. 그가 걸어오는 소리를 듣자 나는 견딜 수가 없어졌다. 마치 쇠붙이로 우리 집 유리창을 두드리는 것 같았다.

그 길목에 더 있다간 유리처럼 산산조각 날 것 같았다. 나는 뒤돌아서서 그 길목을 벗어났다. 오른쪽으로 돌아서 널찍한 대로로 들어섰다. 나는 최대한 빨리 걸었다. 그 요란한 구두 소리가 거리에서 어서 사라지기를 바랐다. 그러나 앞쪽에도 적지 않은 위험이 도사리고 있었다. 나는 뒤에서 들려오는 구두 소리에서 벗어나려고 애쓰는 동시에, 앞을 가로막는 행인들도 바로바로 피해야 했다. 이때 세심한 주의가 필요한데 길가에 오동나무나 쓰레기통이 있을 수 있고 갑자기 자전거가 나타날 수도 있기 때문이다. 이렇게 어려운 야행을 나는 거의 매일 밤 한다. 어둠은 나를 충분히 엄호해주지만 달빛과 가로등 불빛이 너무나 가볍게 어둠을 무너뜨린다. 내 몸 중 한 부분이 등불에 노출되면 나는 갑자기 놀라고 당황한 나머지 쩔쩔맨다. 대낮에도 더러 이 대로를 걷기도 하지만 햇빛이 거리에 고르게 퍼져 있으므로 나만 도드라진다는 느낌은 들지 않는다. 노출되는 동시에 은폐되는 느낌이다. 그러나 밤이 되면 전혀 다른 상황이 벌어진다. 바로 지금 같은 상황이. 이제 나는 열다섯 차례나 내부 공사를 한 식당 앞에 이르렀다. 뒤에서 들리던 구두 소리는 사라지고 없었고 대신 주위의 온갖 잡음에 포위되어 있었다. 이전의 경험에 비추어볼 때 나는 내가 곧 평온해질 것임을 알았다.

오래지 않아 조용한 거리의 입구가 보이기 시작했다. 지금 내가 발을 딛고 서 있는 대로를 어떻게 횡단해서 맞은편의 작은 거리로 진입할 것인지가 문제였다. 이러한 횡단은 때로는 쉽게 이루어졌고, 때로는 의외의 상황에 가로막히기도 했다. 지금이 그랬다. 자전거 두 대가 동시에 거리로 들어서려다 부딪친 것이다.

두 사람은 자전거에서 떨어질 때 완전히 다른 자세를 취한 것 같았지만 결과적으로는 둘 다 길바닥에 나뒹굴었다. 다시 일어난 두 사람은 버스가 출발할 때 내는 것 같은 큰 소리로 고함을 질렀다. 그들의 고함 소리 때문에 주위 사람들이 전부 그들 쪽으로 달려갔다. 그러자 그 길목이 무너져내리기라도 한 것처럼 막혀버렸다. 사람들이 꾸역꾸역 몰려들어 서로 밀쳐대는 모습에 구역질이 났다. 그들이 내는 소리가 수류탄 폭발음처럼 들렸다. 어느 순간 그들이 왼쪽으로 이동하기 시작했다. 꼭 두꺼비가 기어가는 것 같았다. 이제 길이 훤히 뚫렸고 나는 길을 마저 건넜다.

나는 주택가로 통하는 길로 접어들었다. 시멘트로 포장된 내리막길이었다. 비슷한 폭의 좁은 길 두 개가 교차하는 사거리는 가로등 불빛 아래 아무 일 없이 적막했다. 사거리를 보니 주택가가 조용하다는 것을 알 수 있었다. 나는 사거리를 건넌 후 정식으로 주택가로 들어섰다.

달빛 아래 연립주택들은 무척이나 미련해 보였다. 불 켜진 창들은 무수한 사람들의 존재를 암시했다. 나는 연립주택에 큰 호감을 느꼈다. 내가 좋아하지 않는 사람들을 감금하고 있는 것 같았으니까. 그러나 이런 유의 감금으로부터는 얼마든지 벗어날 수 있다. 연립주택을 향해 다가가면 종종 건물 안 계단에서 작은 소리가 들리기도 했다. 나는 자기 마음대로 하는 사람들이 늘 불

만스러웠다. 주택가로 들어가면 행인을 안 만날 수가 없고 심지어 자전거와 자동차도 있었다. 내가 가장 걱정하는 것은 행인이었다. 그들의 신발이 내가 디딘 곳을 밟고 지나간다는 생각만으로도 나는 마음속에 솟구치는 고통을 억누를 수 없었다.

나는 평소처럼 주택가의 커튼 너머에서 비치는 불빛 속을 거닐었다. 나의 터무니없는 상상은 그 순간 한 마리 박쥐처럼 날아다녔다. 상상에 실려 나는 미지의 장소로 가고 있었다. 나는 내가 주택가에서 멀리 떨어진 곳, 기이한 형상을 한 수천 수백만 가지 빛무리가 있는 곳에 들어섰다고 생각했다.

그러나 1988년 5월 8일의 그 순간, 현실은 나의 상상과 달랐다. 내 눈길은 수많은 곡선과 원 무늬로 가득한 어느 커튼에 머물러 있었다. 얼마나 오래 머물렀는지는 알지 못했다. 그러나 내 생각이 평소의 경로를 벗어나 옆길로 새서 엉뚱한 방향으로 나아가고 있는 것만은 알 수 있었다. 그제야 나는 아주 무서운 생각에 너무 가까이 다가가 있다는 사실을 깨달았다. 나는 눈앞에 있는 커튼에서 등을 돌리는 자신을 발견했다. 내가 커튼을 배반할 것이라는 예감이 들었다. 나는 생각하고 있었다. 이 커튼은 분명 하나의 방을 대표한다. 그리고 이 방에는 하나 혹은 둘 이상의 사람이 있을 것이다. 그렇다면 그들은 지금 이 순간 무엇을 하고 있을까? 이런 천박한 생각에 나는 깜짝 놀랐다. 내가 바로 뒤돌아 그 방에서 멀어진 것은 일종의 자구책이었다. 나는 빨리 걸었다. 가능한 한 빨리 그 주택가에서 멀어지고 싶었다. 나는 감히 고개를 들어 창문 커튼을 올려다보지 못했다. 방금 전의 잘못이 액운으로 번지지 않을까 걱정스러웠다. 비록 의식하지는 못했지만, 사거리를 건널 무렵에는 마음이 다소 편해져 있었다. 조금 전까지 경사진 시멘트 길을 오르고 있었는데 어느새 나는 널찍한 대로를 걷고 있었다.

그 순간 거리가 무척 조용해졌다. 길 양쪽의 상점도 문을 닫아걸었고 적막한 거리에 몇 안 되는 행인만이 걸음을 재촉하고 있었다. 그제야 나는 내가 이미 위험에서 벗어났음을 깨달았다. 거리는 달빛으로 가득했고, 나는 잔잔한 강물 위를 걷는 듯한 기분이었다.

나는 바로 그렇게 그 식당 쪽으로 걸어갔다. 그때 마음속에서 울리는 소리가 들렸다. 멀리서 들리는 듯하다 점점 가까워졌는데, 마치 바람에 흔들리는 나뭇잎 소리 같았다. 나는 그것이 점점 발소리와 비슷해져가는 것을 느꼈다. 누군가가 내 마음속에서 나를 향해 걸어오는 것 같았다. 나는 경악했다. 식당을 지나 십여 미터쯤 걸었을 때 나는 그것이 소녀의 발소리라는 걸 알게 되었다. 한 소녀가 내 마음속에서 맨발로 걷고 있었다. 그래서인지 발소리는 솜처럼 보드라웠다. 어렴풋이 분홍 신 한 켤레를 본 듯했다. 그래서 내 마음은 햇볕이 가득 깔린 것처럼 무척 따스해졌다. 내가 앞으로 걸어갈 때 그녀도 내가 가는 곳으로 걸어가는 것 같았다. 그 거리 끝까지 걸어가 좁은 거리에 접어들었을 때 나는 그녀와 어깨를 나란히 하고 걷고 있다고 느꼈다.

나는 황홀한 기분으로 우리 집 앞까지 걸어갔다. 열쇠를 꺼내는데 그녀가 열쇠 꺼내는 소리가 들렸다. 우리는 동시에 열쇠를 자물쇠에 꽂아넣고 동시에 돌려서 문을 열었다. 나는 집으로 들어갔고, 그녀도 들어갔다. 다른 게 있다면 그녀의 행동이 전부 나의 마음속에서 발생했다는 것뿐이었다. 나는 문을 닫으면서 그녀가 문 닫는 소리를 들었다. 그 소리는 옷을 한 꺼풀 벗기라도 하는 양 부드러웠다. 방 안에 잠시 서 있던 나는 그녀도 같이 서 있다는 느낌을 받았다. 그녀의 숨소리는 무척 작고 가늘어서 내 얼굴의 주름을 떠올리게 했다. 나는 창가로 가서 창문을 열었다. 강에서 한줄기 미풍이 불어왔다. 나는 달빛 아래 반짝이며 흐르는 강물을 지켜보았다. 그녀도 창가에 서 있는 것 같았다. 우리는 흐르는 강물을 조용히 바라보았다. 나는 다시 창문을 닫고 침대로 갔다. 나는 침대에 오 분 동안 앉아 있다 겉옷을 벗고 불을 끈 다음 침대에 누웠다. 달빛이 유리창을 통해 들어오는 것이 보였다. 방이 밝은 빛으로 가득 찼다. 그녀도 침대에 누워 있었다. 나처럼 평온해 보였다. 그녀가 내 침대에 누운 것인지 다른 침대에 누운 것인지는 정확하게 판단할 수 없었다. 나는 달빛처럼 밤의 끝없는 평온 속에 가라앉은 기분이었다. 이토록 모든 게 고정되지 않고 흔들리는 미묘한 기운으로 충만한 듯한 느낌은 처음이었다.

2

5월 8일 밤 내 마음에서 일어났던 그 기묘한 일은 그 밤이 지난 뒤에도 여전히 남았다. 다음날 깨어났을 때, 나는 바로 낯선 느낌을 받았다. 우리 집이 뭔가 예전과 달라진 듯했다. 무언가가 늘어나거나 줄어든 것 같았다. 나는 내가 더이상 혼자가 아니라고 느꼈다. 누군가가 그녀의 생활 일부를 가져와 내 생활에 집어넣은 것 같았다. 그렇다고 놀라서 허둥대거나 미친 듯이 기뻐하진 않았다. 나는 그녀의 방문을 집 밖에 강물이 흐르고 있다는 사실을 대하듯 자연스럽게 받아들였다.

침대에 누워 있는데 그녀가 내 마음 밖으로 나갔다는 느낌이 들었다. 내가 잠든 사이 그녀는 일어나서 나를 위해 주방에서 아침식사를 준비하고 있었다. 나는 주방이 없다는 사실이 전혀 신경쓰이지 않았다. 그 사실을 잘 알면서도 스스로를 납득시킬 방법이 없었다. 그녀가 주방에 있었기 때문이다. 그녀가 옴으로써 집의 모습이 변했다.

나는 일어나야 한다고 생각했다. 그녀가 아침 준비를 마친 후에도 내가 자고 있는 모습을 보일 수는 없었으니까. 나는 일어나서 커튼부터 걷으려 했다. 내가 자고 있었기 때문에 그녀는 커튼을 걷지 않은 것이다. 한 남자의 아내에게는 가장 기본이 되는 배려였다. 나는 커튼을 걷으려다 문득 커튼이 없다는 사실을 깨달았다. 그제야 햇빛이 벌떼처럼 쏟아져들어오고 있는 게 보였다. 나는 창밖으로 강물이 눈부시게 빛나는 모습을 보았다. 거룻배들이 강물을 가르는데도 여전히 밝게 빛났다. 채소 부스러기 몇 개가 내 창문 아래로 흘러갔다.

나는 창가를 떠나 주방으로 갔다. 주방이 없다는 사실을 알고 있었지만 그래도 나는 그곳으로 갔다. 그리고 주방에 들어섰다. 주방이 너무 비좁아서 나는 그녀의 몸을 스치며 물통 옆으로 갔다. 그녀의 옷이 사각거리는 소리를 들은 듯했다. 나는 이를 닦기 시작했다. 이를 닦는 중에 그녀가 뭐라고 한마디 한 것 같았지만 제대로 듣지 못했다. 이 닦는 소리가 예의 없이 그녀의 말소리를 먹어치웠기 때문이다. 그래서 나는 바로 양치를 멈추었다. 흘끗 보니 그녀가 나를 바라보고 있었다. 나는 그녀의 눈빛을 볼 수 있었다. 그 눈빛을 본 나는 흠칫했다. 그동안 그녀는 어렴풋하게만 존재하고 있었는데, 지금 실제로 그녀의 눈빛을 보게 된 것이다. 내가 그녀의 눈을 똑바로 보고 있었기는 하지만 그래도 그녀의 눈빛은 너무 또렷하게 나의 눈에 들어왔다. 그녀의 눈빛은 무척 담담했고 내가 방금 전 그녀의 말소리를 듣지 못한 것에 화난 기색도 없었다. 그녀의 눈빛은 그녀가 나의 대답이나 질문을 기다리고 있다고 말하고 있었다. 나는 놀란 나머지 고개를 돌렸다. 어떻게 해야 좋을지 알 수 없었다. 그러자 그녀의 눈빛이 움직였다. 방금 전의 그 말은 별로 중요하지 않은 게 분명했다. 그녀의 눈빛이 움직였을 때 나는 그녀가 얼굴을 돌렸다고 느꼈다. 잠시 후 그녀가 주방을 떠났다.

뒤이어 나도 주방에서 나왔다. 침실에 들어섰을 때 그녀가 창가에 서 있다는 느낌을 받았다. 나는 다가가서 그녀 곁에 섰다. 옆에 서서 그녀의 눈을 보았지만 또렷하게 볼 수 없었다. 그녀는 창문 아래 흐르는 강물을 응시하고 있었다.

3

며칠이 지난 어느 날 오후, 나는 집에서 나왔다. 밖으로 나가 걷기로 결심했다. 집에 앉아 있으려니 불안했기 때문이다.

며칠 전 밤에 나를 찾아온 소녀가 이튿날 나에게 보여준 그 눈빛이 나의 완벽한 생활에 균열을 일으켰다. 그녀의 눈빛은 하루종일 내 방 안에서 맴돌았지만 내가 그 눈빛을 볼 가능성은 희박했다. 소녀가 온 지 얼마 되지도 않았는데, 이십 년은 같이 산 것 같았다. 그녀가 나를 지켜보는 일은 거의 없었다. 오히려 창문 아래 흐르는 강물을 바라보는 걸 더 좋아하는 듯했다. 그녀의 눈빛은 늘 내 시선 밖에서 표류하고 있어서 내가 붙잡을 수 없었다. 나는 내 마음속에서 점점 커져가는 초조함을 막을 방법이 없었다. 며칠이 지난 어느 날 오후, 나는 그녀를 잠시 내버려두기로 결심했다. 그때 그녀는 창가에 서서 내가 증오해마지않는 강물을 지켜보고 있었다. 나는 현관으로 걸어갔다. 발소리가 온 집 안에 요란스럽게 울려퍼졌다. 그렇게 시끄럽게 걸은 적이 없던 나였다. 내가 그렇게 걸은 건 그녀에게 '내가 간다'는 사실을 알리기 위해서였다. 나는 그녀가 눈빛으로 나를 배웅해주기를 바랐다. 그러나 내가 현관 앞에서 뒤돌아보았을 때도 그녀는 여전히 강물만 하염없이 바라보고 있었다. 그때 나는 그녀를 버려야겠다는 생각을 굳혔다. 나는 현관문을 열고 밖으로 나왔다. 문이 닫히면서 천박한 이웃집보다 더 시끄러운 소리를 냈다. 나는 곧바로 발걸음을 떼지 않고 다시 문을 열었다. 그녀는 여전히 창가에 선 채 아무 반응도 보이지 않았다. 다시 문이 닫히는 소리에 내 마음도 우울해지고 말았다. 앞으로 걸어가는데 내 발소리가 메마른 나뭇가지가 떨어지는 소리처럼 들렸다. 환한 대낮에 거리를 걸으면서 나는 그동안의 경각심을 잃었다. 그 오랜 세월 동안 내가 집을 떠나면서 그렇게 조심성을 잃기는 처음이었다. 길거리의 행인들이 위협적으로 느껴지지 않았다. 그제야 비로소 나는 그녀의 존재를 확실하게 자각했다. 그리고 예전의 내 생활이 얼마나 망가질지 깨달았다. 나는 거리를 걸으며 나의 발소리가 이미 지리멸렬해지고 있음을 느꼈다. 나의 눈은 더이상 예전처럼 경계하지 않았다. 미치광이처럼 거리낌없이 행인들의 거미줄처럼 얽힌 시선 사이를 종횡무진했다. 나는 행인들의 그런 시선을 차단하고 싶었지만 내 시선의 욕망을 극복할 수 없었다. 앞으로 나아가면서 맞닥뜨리는 모든 시선을 나는 놓치지 않았다. 갈망이 가득한 눈빛으로 그 모든 시선들을 받아치는 나 자신에게 경악하지 않을 수 없었다. 수많은 시선들이 내 눈빛에 위축되었지만, 개중에는 적의로 맞받아치는 이도 있었다. 그러나 내 눈빛엔 일말의 망설임도 없었다. 그러한 도전적인 눈길을 받아낼 때도 여유로웠다.

나는 홀가분하고 당당하게 대로를 걸었다. 그렇게 걸으면서 충만한 쾌감을 느꼈다. 나는 길을 따라 돌거나 가로지르면서 머뭇거리지 않았다. 나의 발걸음은 강물에 돌을 던지듯 시원스러왔다. 나는 내가 어디로 가고 있는지 몰랐다. 그저 거리의 시선들이 드물어졌다는 느낌만 받았다. 더이상 시선이 느껴지지 않기에 발걸음을 멈췄다. 그리고 주택가에 들어섰음을 깨달았다.

그때 마침 나는 활짝 열린 문 근처에 서 있었다. 검은 재킷 차림의 청년이 한 노파와 이야기를 나누고 있는 게 보였다. 노파는 문 앞에서 콩을 까고 있었다. 노파의 목소리는 바람에 불려 날아가는 낡은 신문지를 연상시켰다. 나는 노파를 보고 있었지만 노파의 시선은 다른 데 가 있었다. 청년을 보는 것도 아니었다. 손에 든 콩과 앞에 있는 전신주 사이를 오갈 뿐이었다. 노파는 청년에게 어렴풋한 옛일을 늘어놓고 있는 듯했다.

내가 떠나려고 하는 순간 일이 벌어졌다. 누군가가 내 뒤에서 세 음절로 된 소리를 냈던 것이다. 그 소리는 누군가의 이름이었다. 뒤돌아보니 또다른 노파가 있었다. 노파 둘이 세파에 찌든 목소리로 대화를 나누기 시작했다. 간간이 들리는 웃음소리가 꼭 어포 두 장이 맞부딪치면서 나는 소리 같았다.

앉아 있던 청년이 그 순간 일어났다. 노파의 얘기가 끝난 모양이었다. 체격이 나와 비슷했다. 그가 내 쪽으로 걸어오더니 나를 흘끔 보았다. 그의 눈빛에 나는 크게 놀랐다. 내가 주방에서 이를 닦을 때 보았던 바로 그 눈빛이었기 때문이다. 그가 내 옆을 지나갔다.

나의 놀라움은 결코 오래가지 않았다. 그가 앞으로 걸어가는 걸 보고 나는 무엇을 해야 하는지 깨달았다. 나도 그를 따라 걷기 시작했다. 조금 전의 깨달음이 나로 하여금 저절로 그를 뒤따르게 했다.

사거리를 지나는데 조용해서 친숙한 느낌이 들었다. 그는 경사진 시멘트 길을 따라 걸어갔다. 그의 걸음걸이가 나와 꼭 같았다. 곧 대로 앞에 다다른 그는 거기 선 채 한참을 머뭇거렸다. 나는 그가 대로를 건너려 한다는 것을 알 수 있었다. 맞은편 인도로 가거나 그것도 아니면 왼쪽이나 오른쪽으로 갈 터였다. 그는 길을 건널 수 있는 틈이 나기를 기다렸다. 이윽고 그가 돌연 뛰기 시작했다. 나도 덩달아 달렸다. 나는 그와 거의 동시에 뛰기 시작했다. 그 길을 건널 수 있는 틈이 우리에게 동시에 나타났기 때문이다. 그는 허둥대며 달려갔는데 그 모습을 보자 나는 부끄러워졌다. 그동안 무수히 그 대로를 건너다니면서 내가 얼마나 우왕좌왕했었는지 그를 보며 깨달았다.

곧 그는 침착해진 것처럼 보였다. 우리 둘에게 그러한 침착함은 자연스러운 것이었다. 이제 우리는 둘 다 인도를 걷고 있었다. 그는 차분하게 앞으로 걸어갔다. 그의 차분한 모습을 보니 내 걸음새까지 마음에 들었다. 그는 가장 평범한 자세로 앞을 향해 걸었는데, 그것이야말로 내가 길을 걸을 때마다 취했던 방식이었다. 그가 그렇게 걸은 것은 행인들 속에서 자신을 지우기 위해서였다. 그가 자신을 숨기는 방법은 나와 판에 박은 듯했다. 이제 그를 주목하는 사람은 나밖에 없었다. 그를 보고 있으면 꼭나 자신이 걷는 모습을 보는 것 같았다.

그는 강가의 한 단층집 앞에서 걸음을 멈추었다. 그가 오른쪽 주머니에서 황금색 열쇠를 끄집어냈고, 나도 오른쪽 주머니에서 황금색 열쇠를 꺼냈다. 그가 문을 열고 들어가더니 무척 조심스럽게 닫았다. 그 소리 또한 내가 문을 닫을 때 나는 소리와 똑같았다. 나는 그 강가의 단층집에 들어가지 않고 그 집 옆에 서 있는 시멘트 전신주 옆에 서 있었다. 나는 이제 무얼 해야 좋을지 알 수 없었다. 뒤를 밟은 것은 내 의지가 아니었고, 이제 그 일은 끝났다. 나는 땅에 떨어진 후 어찌해야 할지 모르는 낙엽과 같았다. 그렇게 서 있다가는 사람들 눈에 띌 거라는 생각이 들었다. 그래서 나는 근처를 거닐면서 무엇을 해야 할지 생각했다.

그때 그가 밖으로 나왔다. 손에는 백지 한 묶음과 연필 한 자루가 들려 있었다. 그는 문을 닫고 오른쪽으로 몸을 틀어 몇 걸음 걷고는 모퉁이를 돌았다. 그는 쓰레기통을 끼고 돈 다음 강가의 돌계단을 걸어내려갔다. 그런 다음 시멘트 다리 측벽에 뚫린 굴 안으로 기어들어갔다. 그 안에 앉은 그는 한결 편안해 보였다.

나는 돌계단을 따라 내려가지 않았다. 여전히 어찌해야 좋을

지 알 수 없었기 때문이다. 나는 왜 그를 뒤쫓아야 하는지 생각했다. 한참 생각하고 나서야 답이 떠올랐다. 여기까지 나를 이끈 것은 그의 눈빛이었다. 이제 뒤쫓는 일은 끝났다. 그는 그 굴 속에 단정하게 앉아 있었다. 이제 나는 무엇을 해야 하는가? 여기에 생각이 미치자 불안하고 초조해졌다. 나는 시멘트 다리 위에서 오락가락했다. 며칠 전에 본 그 눈빛이 내 발밑에 있었다. 나는 그 눈빛이 굴 속에 있는 모습을 상상하기 시작했다. 나를 안절부절못하게 만들었던 그 눈빛이 지금 이 순간 더러운 기와 조각을 응시하고 있을지도, 곰팡이가 핀 볏짚에 시선을 주고 있을지도 몰랐다. 통통통 디젤엔진 소리를 내는 거룻배 몇 척이 다가왔을 때는 그 시커먼 연기에 관심을 보였을지도 몰랐다.

나는 다리에 난 굴 안으로 들어가기로 결정했다. 두 사람이 들어가도 그렇게 좁지 않을 것 같았다. 나는 아치형 다리의 내리막길을 내려간 다음 돌계단을 걸어내려갔다. 나는 강가에 잠시 멈춰 섰다. 그는 십여 미터 떨어진 곳에 단정하게 앉아 있었고, 그의 시선은 손에 든 백지에 고정되어 있었다. 그 모습이 내가 방금 전 상상했던 것보다 훨씬 좋아 보였다. 나는 그에게 다가갔다.

그가 고개를 들어 나를 바라보았다. 그와 눈이 마주치자 나는 다소 긴장했다. 사실 그는 조금도 놀란 것 같지 않았다. 그가 무척 평온한 얼굴로 나를 바라보았기 때문에 경솔하게 다가가선

안 된다는 느낌을 받았다. 다시금 나는 그의 눈빛이 주방에서 본 눈빛과 조금도 다르지 않다는 사실을 확인했다. 그러나 그의 눈과 내 마음속 소녀의 눈은 생김새가 무척 달랐다. 그의 눈은 좁고 긴데, 내 마음속 소녀의 눈은 훨씬 더 컸다.

나는 그에게 말했다.

"며칠 전 밤에 한 소녀가 내 마음속에 들어왔습니다. 분명하지는 않지만 그녀는 나와 하룻밤을 지냈습니다. 다음날 내가 깨어났을 때도 그녀가 떠나지 않았기 때문에 나는 그녀의 눈빛을 볼 수 있었습니다. 그녀의 눈빛은 지금 이 순간 당신이 나를 바라보는 바로 그 눈빛이었습니다."

4

그는 내 말을 듣고도 내가 걱정했던 유의 의심을 하지 않았다. 나는 그가 내 말을 의심하지 않고 굳게 믿는다는 걸 확신했다. 그가 말했다.

"당신이 방금 말한 내용은 십 년 전 시작된 일과 비슷하군요." 십 년 전, 하고 그는 나에게 말했다. "그러니까 1988년 5월 8일입니다." 달빛이 아름다웠던 그 밤, 그는 평소처럼 고향의 길을 걷고 있었다. 고향의 가로등은 주황빛이었다. 그래서 그날 밤 달빛은 가로등 불빛 속에서 흩날리는 가랑비처럼 보였다. 그는 나처럼 담박한 마음으로 길을 걸었다. 늦은 시각에 혼자 산보하는 걸 오랫동안 즐겨왔다. 그는 집 밖의 광활한 고요함이 좋았다. 그렇게 습관이 되어버린 산보를 하고 있던 그날 밤 의외의 일이 벌어졌다. 느닷없이 한 소녀가 떠올랐다. 그때 그는 다리 위를 걷고 있었다. 그는 잠시 조용히 걸음을 멈추고는 소리 없이 흐르는 강물을 바라보았다. 소녀를 머릿속에 떠올렸을 때 그는 아치형 다리의 내리막길을 걷고 있었기 때문에 비탈을 내려가면서 속으로 매우 놀랐다. 그는 머릿속 소녀의 모습을 자세히 관찰했고, 그 결과 전혀 모르는 사람이라는 걸 깨달았다. 그가 아는 몇 안 되는 여자들과 아무리 비교해봐도 그녀는 모르는 사람이었다. 자신이 느닷없이 낯선 소녀를 떠올렸다는 데 그는 불가사의함을 느꼈다. 그래서 그녀의 출현을 자신의 일시적인 기이한 생각 탓으로 돌렸다. 백지에 몇 자 끄적였다가 금방 잊어버리듯이 곧 그녀를 잊을 거라 생각했다. 그는 집으로 걸어가기 시작했다. 그러자 그의 머릿속 소녀도 그와 함께 걸었다. 그는 더이상 놀라지 않았다. 곧 그녀가 저절로 사라질 거라고 생각했다. 그래서 현관문을 열고 그녀와 함께 집에 들어설 때도 더할 나위 없이 자연스러웠다. 침실에 들어간 그는 겉옷을 벗고 침대에 누웠다. 그는 그녀도 침대에 눕는다는 느낌을 받고는 입가에 엷은 미소를 지었다. 조금 전 다리 위에서 떠오른 기이한 상상이 그때까지 이어지고 있다는 사실이 흥미로웠다. 그러나 다음날 깨어나면 분명 사라져 있을 거라고 믿었다. 그는 평온하게 잠들었다.

다음날 새벽 그는 깨어나자마자 그녀를 느꼈다. 더욱이 전날 밤보다 선명했다. 그는 그녀가 이미 일어나서 주방에 있다고 느꼈다. 그는 침대에 누운 채 다시 전날 밤의 기억을 되살렸고, 놀랍고 신비로운 발견에 이르렀다. 전날 밤, 그는 그녀가 상상 속에 존재하는 것이라고 생각했었다. 하지만 지금 다시 생각해보니 어젯밤 일이 너무 생생해서, 마치 정말로 그 일이 일어난 것 같았다.

그는 나에게 말했다.

"그날 새벽 주방에 들어갔을 때 그녀의 눈빛을 보았습니다."

눈빛의 출현은 시작에 불과했다. 그후 그는 오랫동안 그녀를 잊을 수 없었을 뿐 아니라 오히려 그의 상상 속에서 그녀의 모습은 갈수록 또렷해졌다. 그녀의 눈, 코, 눈썹, 입술, 귀, 머리칼이 점점 그녀의 눈빛처럼 형태를 드러냈다. 모두 더할 나위 없이 생생했다. 때로 그는 그녀가 앞에 서 있는 듯한 느낌이 너무나 생생해 손을 내밀어 만져보기도 했지만 아무것도 없었다. 그는 종이 위에 연필로 그녀의 모습을 그려보려 했다. 그림을 배운 적은 없었지만 한 달 후 그는 정확하게 그녀의 얼굴을 그려냈다.

그는 말했다.

"아름다운 소녀였습니다."

그는 연필로 그린 그 그림을 침대 앞 벽에 붙였다. 그후 거의
모든 시간을 그 그림을 응시하면서 보냈다. 어느 날 아버지가 그
에게 눈병이 생겼다는 것을 발견하고 그가 그림을 보지 못하게
될 때까지.

그는 그 눈병 때문에 병원 세 곳을 방문했다. 마지막 병원은 상
하이에 있었다. 그곳에서도 그는 한참 동안 수술을 받을 수 없었
다. 8월 14일 오후가 되어서야 비로소 수술에 들어갔다. 9월 1일
그의 눈에 감겼던 붕대가 풀렸다. 그리고 그는 8월 14일 오전에
열일곱 살 소녀가 교통사고로 그 병원에 실려왔었다는 사실을
알게 되었다. 그녀는 오후 3시 16분에 수술대 위에서 죽었다. 그
녀의 안구는 그의 각막이식수술에 사용되었다. 그는 9월 3일 퇴
원했지만 집으로 돌아가지 않았다. 죽은 소녀의 주소를 수소문
해서 작은 마을 옌에 갔다.

그의 눈은 강 둔덕의 버드나무를 주시하고 있었다. 그는 한참
을 곰곰이 생각한 후에야 후련하다는 듯 미소를 지어 보였다. 그
가 말했다.

"생각났어요. 그 소녀의 이름은 양류예요."

그는 수소문하여 알아낸 주소가 아니라 취츠 골목 26번지의 검게 칠해진 대문을 두드렸다. 계획이 바뀐 것은 시외버스 안에서 선량이라는 사람을 만났기 때문이다. 선량은 1949년 초 국민당 부대가 작은 마을 옌에서 퇴각할 때 시한폭탄 열 개를 묻은 이야기와 탄량이라는 국민당 장교의 인생역정에 대해 들려주었다.

1949년 4월 1일, 즉 작은 마을 옌이 해방되기 이틀 전 폭탄 다섯 개는 예정된 날 정해진 시간에 폭발했다. 그 폭발로 인해 해방군 모 중대 5소대장과 '추이'라는 성을 가진 취사병이 숨졌고, 해방군 전사 열세 명과 마을 주민 스물한 명(그중 다섯 명은 부녀자, 세 명은 어린아이)이 중경상을 입었다.

여섯번째 폭탄은 1950년 봄에 터졌다. 그때 마을에서는 하나뿐인 학교 운동장에서 공개재판이 열리고 있었다. 악질 토호 세 사람이 곧 죽을 운명이었다. 폭탄은 운동장에 임시로 설치한 무대 밑에서 폭발했다. 악질 토호 세 명과 진장*, 민병 다섯 명이 함께 산산조각 나서 하늘로 날아올랐다. 리진이라는 노인은 당시 엄청난 폭발음과 연무 속에서 수많은 머리와 손, 다리가 춤추듯 어지럽게 날아오르던 장면을 지금도 기억하고 있었다.

일곱번째 폭탄은 1960년에 터졌다. 인민공원에서, 밤 열시가

---

* 중국의 행정단위인 진(鎭)의 책임자로 한국의 읍장에 해당한다.

넘은 시각에 폭발했다. 그래서 사람이 죽거나 다치는 사태는 벌어지지 않았다. 대신 그때부터 공원은 십팔 년 동안 이용되지 못했다. 장제스의 죄상을 고발하기 위해 폭발 후에도 공원의 처참한 모습을 그대로 보존하다가 1973년이 되어서야 복원했기 때문이다.

여덟번째 폭탄은 터지지 않았다. 폭탄을 발견한 것은 마침 그와 선량이 버스를 타고 작은 마을 옌에 들어간 날이었다. 그는 그때 그 시멘트 다리 위에 서 있었다. 강을 파헤치는 민공들이 음울한 하늘 아래 개미처럼 수로를 가득 메우고 있었는데, 당장이라도 강을 하나 더 파낼 기세였지만 움직임은 무질서하고 엉망이었다. 강바닥에서 흘러나오는 소음을 듣고 있자니 사방에서 열기가 솟아오르는 게 느껴졌다. 그 와중에 쇠붙이가 부딪는 소리가 얼핏 들렸는데, 조금 후 민공 하나가 공포에 질려 비명을 질렀다. 그가 진창이 되어버린 둔덕을 달려올라오는데 무척 힘들어 보였다. 곧이어 부근에 있던 모든 민공들이 사방으로 내빼기 시작했다. 이것이 그가 본 여덟번째 폭탄의 상황이었다.

며칠 뒤, 그는 그 다리 위에서 선량과 다시 만났다. 선량은 눈부시게 밝은 햇빛 속에서 그를 향해 걸어왔다. 그러나 그의 표정은 재를 뒤집어쓴 낡은 담장을 연상시켰다. 선량이 그에게 다가와 말했다.

"가야겠소."

그는 아무 대꾸 없이 그저 선량을 바라보았다. 사실 선량이 그에게 다가올 때 이미 그는 선량이 떠날 것임을 예감했다.

두 사람은 한참 동안 시멘트 다리 난간에 기대서 있었다. 선량은 그에게 앞서 말했던 폭탄 여덟 개의 정황을 일러주었다.

"아직 폭탄 두 개는 터지지 않았소." 선량이 말했다.

탄량은 1949년 초 복잡한 기하학적 도형을 사용해서 열 개의 폭탄을 묻었다. 선량은 그 사실을 그에게 한번 더 말한 다음 이렇게 덧붙였다.

"폭탄이 하나만 더 터진다면 열번째 폭탄의 위치는 아홉번째 폭탄이 터진 위치로 추측해낼 수 있소."

그러나 폭탄 두 개는 아직 터지지 않았다. 선량이 말했다.

"탄량 자신도 그게 지금 어디 있는지 모를 거요."

선량이 마지막으로 말했다. "어쨌든 삼십구 년이나 지났으니까."

그리고 나서 선량은 더는 말하지 않았다. 그는 다리 위에 서서 작은 마을 옌을 바라보았다. 다리를 떠날 때 그는 말했다. 물처럼 흩날리는 달빛을 보았다고.

1971년 9월 15일 저녁 무렵, 화학비료 공장의 보일러가 갑자기 폭발했다. 그 소리는 귀청이 떨어질 만큼 컸다. 다섯 명의 목격자가 당시 보일러가 하늘로 날아오른 후 유리병처럼 산산조각

나는 모습이 멀리에서도 보였다고 증언했다.

그날 밤 당직이었던 보일러공 우다하이는 다행스럽게도 죽음을 피해갈 수 있었다. 폭발 당시 멀지 않은 화장실에 쭈그리고 앉아 있었던 덕분이었다. 엄청난 폭발음에 그는 기절하고 말았다. 우다하이는 1980년에 심장병으로 죽었다. 임종하기 하루 전날 밤, 그의 눈앞에 1971년 보일러가 폭발하던 장면이 되살아났다. 그는 아내에게 말했다. 지하에서 폭발음이 먼저 들렸고 그다음에 보일러가 하늘로 날아올라 폭발했다고.

그는 나에게 말했다. "사실 그건 폭탄이 터진 거였소. 보일러가 진상을 덮었을 뿐이지. 그러니 최후의 폭탄은 아직 터지지 않은 셈이지."

그는 다시 말을 이었다. "방금 전 나는 주택가에서 한 여자와 그 사건에 대해 이야기를 나눴소. 그녀는 우다하이의 아내였소."

3장

1

5월 8일 밤에 온 여자는 이튿날 오전에 나에게 눈빛을 보여준 이후로 오랫동안 내 삶을 점령해버렸다. 그날 이후 결코 넓지 않은 나의 생활공간에서 두 사람이 함께 머물게 되었다.

이후로 나는 거의 하루종일 의자에 앉아 그녀가 집 안에서 움직이는 걸 느끼고만 있었다. 그녀는 기분이 좋은 날이면 내 맞은편 침대에 앉아 내 마음이 아플 정도로 매혹적인 눈빛으로 나를 쳐다보곤 했다. 그러나 대부분의 시간에는 무척 불안해 보였다. 그녀는 집 안 여기저기를 돌아다니는 걸 좋아했는데, 그럴 때면 깊은 밤 집 안에 바람이 부는 것처럼 느껴졌다. 나는 나라는 존재를 무시하는 이러한 행동을 줄곧 참고 견뎠다. 나는 그녀의 무시를 벗어나기 위해 온갖 핑계를 찾았다. 사실 나는 내 방이 정말 작다고 생각했었는데, 그녀가 끊임없이 움직여서 방이 조금 더 넓어진 것 같다는 생각까지 했다. 그러나 나의 인내심은 결코 그녀를 감동시키지 못했다. 그녀는 내가 분노를 이겨내기 위해 엄청난 힘을 소모하고 있다는 사실에는 전혀 신경쓰지 않았다. 결국 나는 그녀의 무심함에 격노하고 말았다. 어느 날 저녁, 나는 그녀에게 고함을 쳤다.

"이제 그만. 그렇게 돌아다닐 거면 밖으로 나가."

내 말에 상처받은 게 분명한 그녀는 창가로 걸어갔다. 그녀는 창문 아래로 흐르는 강물을 응시하면서 실망과 상심을 드러냈다. 그러나 실망감에 휩싸인 것은 나도 마찬가지였다. 그때 그녀가 문을 박차고 나갔으면 나는 막을 수 없었을 것이다. 그날 밤 나는 일찍 자리에 누웠지만 아주 늦게야 잠이 들었다. 많은 생각이 들었다. 예전의 아름다웠던 생활, 그녀가 등장하면서 무너진 나의 예전 생활이 떠올랐다. 그래서 몇 시간 동안이나 그녀에 대한 분을 삭이지 못했다. 내가 잠들 무렵에도 그녀는 여전히 창가에 서 있었다. 나는 이튿날 일어나면 그녀가 떠나고 없을 거라고 생각했다. 결국 그녀는 영원히 떠나고 말 것이다. 나는 서운해할 수도 그녀를 그리워할 수도 없다. 짙푸른 잎이 나무에서 떨어져 진흙 위에서 점점 누렇게 말라가다 결국 썩어서 흙으로 변하는 광경을 보고 있는 기분이었다. 그녀가 왔다 다시 떠나가는 일이 내게는 그와 같았다.

그러나 새벽에 일어났을 때 나는 그녀가 아직 떠나지 않았다는 걸 느꼈다. 그녀는 침대 앞에 앉아서 이따금 선명한 눈빛으로 나를 바라봤다. 나는 그녀가 거기 밤새 앉아 있었다는 걸 알아챘다. 아름답기 이를 데 없는 눈빛으로 나를 지켜보는 그녀를 본 순간 지난밤에 무슨 일이 있었던가 하는 생각이 들었다. 전날 밤의 분노가 매우 부질없게 느껴졌다. 그녀가 나를 그렇게 오래 바라보기는 처음이었다. 그래서 나는 안절부절못했다. 그녀가 눈길을 돌릴까 두려웠기 때문이다. 나는 침대에 누운 채 감히 움직이지 못했다. 내가 움직이면 그녀가 집 안에 어떤 변화가 생겼다고 느끼고 눈길을 돌릴까봐 두려웠다. 이제 나는 절대적인 평정을 유지해야 했다. 그래야만 그녀가 눈길을 돌리지 않을 것이고, 나를 바라보고 있다는 것조차 잊을 테니까.

그녀가 나를 오랫동안 응시해서인지 나는 점점 그녀의 눈을 보고 있는 듯한 착각에 빠졌다. 내 근처 어딘가에 그녀의 눈빛이 나타나더니 점차 그녀의 눈까지 나타나는 것 같았다. 그때 내 눈 앞에 검은 안개가 엷게 피어올랐다. 그럼에도 그녀의 눈은 또렷이 볼 수 있었다. 그녀의 눈이 나타나면서 눈썹도 점점 드러났다. 그제야 나는 그녀의 눈빛이 어째서 그토록 아름다운지 깨달았다. 그 눈빛을 만들어낸 눈이 마음을 뒤흔들 정도로 빼어나게 아름다웠기 때문이다. 이어서 그녀의 코도 드러났다. 그녀의 콧등에서 물방울 하나가 흘러내리는 모습을 본 것 같았다. 그 모습을 보자 내 입술이 격렬하게 떨렸다. 그녀의 입술은 촉촉해 보였다. 검은 머리카락 몇 가닥이 강가의 버들가지처럼 그녀의 입가에 걸렸다. 이어서 그녀의 까만 머리채가 전부 드러났다. 순간 그녀의 얼굴이 또렷하고 완전해졌다. 내가 보지 못한 것은 그녀의 귀뿐이었다. 귀는 머리칼에 가려 있었다. 검은 머리카락은 그녀의 얼굴 주위로 차분하게 늘어뜨려져 있었다. 나는 손을 뻗어 그 머리칼을 만지고 싶었지만 그럴 수는 없었다. 눈앞에 있는 모든 것이 문득 사라질까 무서웠기 때문이다. 나는 자신이 눈물을 흘리고 있음을 깨달았다.

그날 이후로 눈물이 멎지 않았다. 종일 눈이 시큰거렸는데 꼭 집 안 한구석에 청포도가 놓여 있는 것 같았다. 나는 우리 집에 변화가 생겼음을 깨닫기 시작했다. 내 침대와 의자는 점점 과거의 견고한 모양새를 잃고 빵처럼 부풀어오르기 시작했다. 이미 보름 전부터 나는 밤에 유리창으로 달빛이 들어오는 아름다운 정경을 보지 못했다. 대낮에는 햇빛이 어슴푸레하게 느껴졌다. 때때로 창가에 서면 창문 아래로 강물이 흐르는 소리가 들렸다. 비록 강둑이 보이진 않았지만 나는 창문 아래 흐르는 강물의 폭이 넓어졌다고 생각했다. 내가 종일 눈물을 흘리고 있자, 그녀는 더이상 예전처럼 집 안을 돌아다니지 않았다. 그녀는 아주 조용히 내 옆에서 기다렸다. 마치 나의 고통을 아는 듯 온종일 근심과 걱정에 휩싸여 있었다.

주변 풍경이 점점 흐릿해지는 동안 그녀는 갈수록 또렷해졌다. 그녀가 의자에 앉을 때 왼쪽 다리를 살며시 들던 모습과 그녀가 신은 가죽구두를 본 것 같았다. 구두는 검정색이었다. 신고 있는 양말의 하얀색도 살짝 보였다. 그녀는 긴치마를 입고 있었는데, 색깔이 얼마나 요란한지 눈이 어지러워 그 색을 알아보기가 힘들었다. 그러나 나는 그 치마를 보고 이제는 무척 멀어진 주택가를 떠올렸다. 그녀의 치마가 창문 커튼을 통해 보이던 수많은 불빛을 연상시켰던 것이다. 나중에 나는 그녀의 키를 쉽게 맞힐 수 있었다. 165센티였다. 내가 어떻게 그런 결론을 내게 되었는지는 알 수 없지만 나는 그 결론을 조금도 의심치 않았다.

보름 뒤, 나는 더이상 눈물을 흘리지 않게 되었다. 그날 새벽 눈을 떴을 때 나는 시큰한 통증이 사라지고 모든 것이 평온해졌음을 깨달았다. 그때 그녀는 주방에 있는 것 같았다. 나는 침대에 누운 채 안으로 비쳐드는 햇빛을 보고 있었는데 아직 희뿌옜다. 창문 아래의 강에서 단조롭게 노 젓는 소리가 들려왔다. 그 소리에 순간 나는 멀고 아득한 평온함을 느꼈다. 노 젓는 소리를 듣고 있으니 큰 병을 앓다 나은 것처럼 상쾌했다. 모든 풍파가 이미 멀리 지나갔고, 앞으로는 영원히 편안할 것이라는 생각이 들었다. 나는 나의 삶을 산 지 너무 오래되었다는 것을 깨달았고 이제 다시 새롭게 시작할 때라고 생각했다. 새로운 피를 수혈받은 기분이었다. 그녀가 바로 새로운 피다. 그녀가 오고 난 후 나는 풀숲에 피어오른 아름다운 꽃에도 눈길을 주게 되었다. 이 순간부터 우리 집에서는 두 사람의 기운이 뿜어져나올 것이다. 우리의 기운은 분명 완벽하게 조화될 것이다.

나는 그녀가 주방에서 나오는 것을 느꼈다. 그녀는 내 침대로 다가왔다. 걸어오는 그녀에게서 기쁨이 흘러넘쳤다. 내 눈의 통증이 사라진 것도 알고, 방금 전 내가 중얼거린 말도 모두 들은 것 같았다. 내 침대에 앉은 그녀는 방금 전 내가 한 생각에 완전히 동의한다고 말하는 것 같았다. 그녀가 나를 바라봤던 건 나와 함께 앞으로의 생활을 설계하길 원했기 때문이었다. 그녀의 그런 바람은 완벽하고 정확했다. 나 역시 그녀가 그렇게 주인공같이 굴기를 바랐었다. 그래서 나는 곧 그녀와 이야기를 나누기 시작했다.

나는 거듭 그녀의 생각을 물었다. 그녀는 대답하지 않고 조용히 나를 바라보기만 했다. 얼마 지나지 않아 나는 그녀가 나와 같은 생각을 하고 있다는 걸 알았다. 곧 나는 방 안을 두리번거리기 시작했다. 맨 먼저 창문이 눈에 들어왔다. 창문에는 커튼이 없었다. 내 방 창문에는 당연히 커튼이 달려 있어야 했다. 이제 내 생활은 예전과 달라졌다. 이전의 생활에는 조금도 감출 게 없었지만 나와 그녀 사이에는 비밀스러운 일이 생길 수밖에 없을 것이고, 그 일은 창문 커튼 뒤에 감추어져야만 했다.

나는 그녀에게 말했다. "우리, 창문에 커튼을 달아야겠어요."

나는 그녀가 고개를 끄덕였다고 생각했다.

나는 다시 물었다. "풀빛이 좋아요, 아니면 꽃빛이 좋아요?"

나는 그녀가 풀빛을 좋아한다고 느꼈다. 나는 그녀의 대답이 만족스러웠다. 나도 풀빛이 좋았던 것이다. 그래서 그 즉시 일어나 당장 풀색 커튼을 사오겠다고 말했다. 그녀도 일어섰다. 나의 결단력 있는 태도가 마음에 든 것 같았다. 나는 그녀가 만족해하며 주방으로 걸어간다고 느꼈다. 침대에서 뛰어내려와 옷을 걸치고 나가다가 주방을 지나치는데 그녀의 뒷모습을 본 것 같았다. 등불 때문에 벽에 드리워진 그림자처럼 어렴풋하게 보였다. 나는 조심스럽게 집을 나섰다. 최대한 빨리 커튼을 사오고 싶었다. 내가 나갔다는 사실을 그녀가 알아채기 전에 집에 돌아오면 가장 완벽할 것이었다.

그래서 밖으로 나가 작은 거리에 접어들었다. 이제 더이상 예전처럼 조심하며 걸을 이유가 없었다. 나는 자전거를 타고 질주하는 모습을 떠올렸다. 그러자 실제로 걸음이 빨라졌다. 나는 눈앞의 그 흐릿한 거리를 날듯이 빠른 걸음으로 갔다. 여러 번 다른 사람과 부딪치기도 했지만 속도를 줄이지는 않았다. 거리로 나오자 줄곧 내 시야를 가리고 있던 흐릿함이 갑자기 환해졌다. 집 창문에 커튼이 쳐진 상태에서 새벽이 오면 아마 이런 느낌일 것이었다. 시야가 환해졌는데도 여전히 어렴풋한 느낌. 생각이 거기까지 미쳤을 무렵에는 이미 대로를 걷고 있었다. 사방의 소란한 잡음이 조수처럼 나에게 밀려들었다. 눈앞의 모든 것이 불분명했지만 거리와 건물, 나무, 행인과 차량은 아직 어렴풋이 구분할 수 있었다. 그때 그 모든 것들이 예전의 모양으로 변했다. 그것들은 윤택해지고 흐릿한 빛을 뿜었다. 나는 행인들의 형체가 기괴하게 변하는 것을 보았다. 그들은 각각 떨어져서 걷고 있었지만 흐릿한 빛을 품고 있어서 함께 얽힌 것처럼 보였다. 나는 그들 사이를 뚫고 지나가면서 조심하지 않을 수 없었다. 그 흐릿한 빛이 도대체 무엇인지 알 수 없었다. 자칫 거대한 거미줄 속으로 들어갔다 빠져나올 수 없게 될까봐 두려웠다. 그러나 막상 그들 사이로 지나가는 일은 무척 순조로웠다. 불가피한 충돌이 몇 차례 있었을 때 외에는 한 번도 멈추지 않았다.

오래지 않아 나는 늘 나를 머뭇거리게 하던 곳에 도착했다. 대로를 가로질러야 했다. 맞은편으로 건너간 다음 좁은 길을 지나서 고요한 사거리를 횡단할 것이다.

이번의 길 건너기는 깔끔했다. 나는 바로 대로에 들어선 다음 몸을 틀었다. 그러나 대로 한가운데로 들어섰을 때 문득 이 일이 아무 의미가 없다는 걸 깨달았다. 나는 또 주택가로 가려 하고 있었다. 이 외출은 커튼을 사기 위한 것이라고 혼자 중얼거렸다. 나는 자책하지 않고 곧바로 몸을 돌렸다. 두번째 걸음을 내디딘 순간 내 몸이 견고한 차체에 치여 날아오르더니 땅에 내동댕이쳐졌다. 몸속의 뼈가 부러지는 경쾌한 소리가 들렸고, 이어서 혈관에서 평온하게 흐르던 피가 폭동이라도 일어난 것처럼 소용돌이치는 것 같았다.

2

1988년 9월 2일 오후, 상하이의 한 병원 화단 옆에 앉아서 풀을 만지작거리던 나는 구김살 없이 밝은 얼굴의 간호사가 햇빛속에서 나를 향해 다가오는 모습을 보았다. 마침 커튼을 사러가던 날을 회상하고 있던 참이었다. 그날 오전 마지막으로 일어난 일은 교통사고였다. 제팡 트럭에 치여 의식을 잃은 나는 바로 작은 마을 옌에 있는 병원으로 옮겨졌다. 내 건강이 점차 회복되어갈 무렵, 외과의사를 찾아왔던 안과의사가 내 눈이 암흑을 향해 가고 있다는 것을 발견했다. 안과의사는 내 병상 앞에서 나에게 그 사실을 명확하게 알려주었다. 내가 걸을 수 있게 되자 그들은 나를 하얀 앰뷸런스에 밀어넣었다. 그렇게 상하이에 있는 이 병원으로 이송되었던 것이다. 8월 14일, 세 명의 안과의사가 각막 이식수술을 집도했다. 9월 1일, 내 눈에 감겨 있던 붕대가 풀리자 사방의 모든 것이 예전처럼 또렷하게 보였다.

간호사가 내 곁으로 왔다. 그리고 생기에 찬 눈으로 나를 쳐다보았다. 햇빛 속에서 그녀의 하얀 가운이 끊임없이 너풀거렸다. 그녀의 몸에서 붕대와 알코올 냄새가 났다.

그녀가 말했다. "풀은 왜 만지고 있어요?"

나는 대답하지 않았다. 그녀가 왜 그런 말을 꺼냈는지 이해할 수 없었기 때문이다.

그녀가 다시 말했다. "근처에 이렇게 꽃이 많은데, 굳이 풀을 좋아하는 이유가 있어요?"

나는 그녀에게 말했다. "나도 모르겠어요."

그녀는 웃었다. 웃음소리를 듣자 작은 마을 엔에서 지나쳤던 유치원이 떠올랐다. 그녀가 말했다.

"양류라는 여자애가 있었어요. 지금은 죽고 이 세상에 없어요. 내가 그애를 마지막으로 봤을 때 그애도 지금 이 자리에 있었죠. 그렇게 손에 풀을 든 채로요. 나는 그애에게도 똑같은 질문을 했는데, 당신과 똑같이 대답했어요."

내가 그녀의 말에 별 흥미를 보이지 않은 탓인지 그녀가 계속 말을 이어나갔다. "그애의 눈빛도 당신하고 똑같았어요."

나와 간호사의 대화는 한참 이어졌다. 간호사는 양류라는 이름의 열일곱 살짜리 소녀에 대해 얘기해주었다. 양류는 백혈병으로 이 병원에 입원해 있었는데, 그녀가 죽기 얼마 전에 내가 이 병원으로 이송되었다. 그녀는 나를 위해 자신의 안구를 기증했다. 그녀는 8월 14일 세시가 조금 넘었을 때 죽었다. 그때 수술대 위에 누워 있던 나는 각막이식수술을 받았다.

간호사가 앞에 있는 5층 건물을 가리키면서 말했다. "양류는 죽기 전에 이 건물 4층의 창가 병상에 있었어요."

그녀가 가리키는 창문에서 두 층 아래 창가에 바로 내 병상이 있었다. 한 층을 사이에 두고 양류와 같은 위치에 누워 있었던 것이다.

나는 간호사에게 물었다. "3층 창가의 병상에는 누가 있죠?"

그녀가 대답했다. "잘 모르겠어요."

간호사가 떠난 뒤에도 나는 손으로 풀을 만지작거리며 화단 옆에 계속 앉아 있었다. 나는 마음속으로 양류라는 소녀를 상상해보았다. 죽기 전에 그녀는 어땠을까. 그 생각이 머릿속에서 떠나질 않았고, 결국 병원 수납창구에서 병원비를 계산하면서 양

류의 주소를 물었다. 양류도 작은 마을 옌에 살았었다. 그녀가
살았던 곳은 취츠 골목 26번지였다. 나는 그 주소를 메모지에 적
은 다음 웃옷 왼편 주머니에 집어넣었다.

3

9월 3일 퇴원한 후, 나는 옌으로 향하는 시외버스에 올랐다.

날씨가 음울한 오전이었다. 버스가 상하이의 칙칙한 거리를
지났다. 먹구름이 빌딩 몇 채를 뒤덮고 있었다. 창밖 풍경을 보
고 있노라니 무료하기 그지없는 회색 기와집 지붕이 떠올랐다.
나는 지금 가고 있는 곳이 작은 마을 옌이란 걸 다시 한번 상기
했다. 정오가 되었을 때 나는 이미 집 열쇠를 만지작거리고 있었
다. 버스 안에 있었기 때문에 그녀가 방 안의 의자에 앉아 있는
광경을 피할 수 없었다. 내 마음은 마른 강물처럼 평온했다. 격
정은 사라진 지 이미 오래였다. 나는 내가 집에 들어갈 때 그녀
가 의자에서 일어설 것임을 알고 있었지만 그녀가 어떻게 자기
감정을 표현할지는 상상할 수 없었다. 나는 그녀에게 살짝 고개
를 끄덕여 보이겠지만 그 외 별다른 일은 없을 것이다. 떠난 지
얼마 안 된 것처럼, 밖에 잠시 나갔다 온 것처럼 느껴졌다. 그리

고 그녀도 온 지 얼마 안 된 것이 아니라 나와 거의 이십 년쯤 함께 지낸 것 같았다. 버스를 타느라 피곤해서 집에 들어가자마자 침대로 가서 곯아떨어질지도 몰랐다. 그녀는 내가 잠들어 있는 동안 창가 옆에 서 있을 것이다. 어떤 소리나 기척도 내지 않고. 나는 그렇게 소리 없고 기척 없는 상황이 오래도록 이어지기를 바랐다.

버스를 타고 상하이를 벗어나자 너른 들판이 나타났다. 먹구름이 끝없이 펼쳐져 있었다. 구름은 들판 위에서 멋대로 옮겨다녔다. 차창 밖이 칙칙해서 마음을 밝게 갖기가 힘들었다.

차 안은 시종 폐품이 덜그럭거리는 것 같은 사람들 소리로 떠들썩했다. 나는 27번 좌석에 앉아 있었다. 3인용 좌석이었다. 25번 좌석에는 짙은 남색 옷을 입은 노인이 앉아 있었는데, 그에게서 지독한 생선 비린내가 계속 풍겼다. 중간의 26번 좌석에 앉은 이는 먼 곳에서 온 청년이었다. 그의 몸에서는 특이한 냄새가 났는데 그 냄새를 맡고 있으니 바람을 받아 물결치는 풀들이 떠올랐다. 우리는 소음에 둘러싸여 있었다. 청년은 시종 창밖을 바라보았고, 노인은 눈을 감고 깊은 생각에 잠겨 있었다.

그 음울한 아침, 버스는 빠르게 달렸다. 오래지 않아 진산에 진입했고, 다시 진산을 벗어났다. 그때 창가의 노인이 눈을 뜨고는 고개를 돌려 26번 좌석의 외지인을 보았다. 그는 여전히 차창을 바라보고 있었다. 나는 그가 창밖의 풍경을 보는 것인지, 창가에 앉은 노인을 보는 것인지 알 수 없었다.

그때 노인이 외지인에게 말했다.

"내 이름은 선량이오."

노인의 음성은 계속 이어졌다. "나는 저우산에서 왔소."

이어서 그는 한마디를 유난히 강조했다. "나는 태어난 이후로 저우산을 벗어난 적이 한 번도 없소."

그후 노인은 더이상 입을 열지 않았다. 그럼에도 방금 전 대화를 꺼냈을 때의 자세를 계속 풀지 않았다. 사십 분쯤 지나서 버스가 작은 마을 옌에 가까워지자 노인은 다시 말을 꺼냈다. 노인의 목소리는 아까와는 완전히 다르게 들렸다.

그때 노인이 외지인에게 들려준 이야기는 수십 년 전의 일이었다. 1949년 초, 탄량이라는 국민당 장교가 공병대를 지휘해 작은 마을 옌에 시한폭탄 열 개를 묻어두었다는 이야기였다.

노인의 사설은 멋대로 뻗은 길처럼 지루했고, 그의 목소리는 지루한 옛일처럼 늘어졌다. 차창 밖으로 작은 마을 옌이 어렴풋이 보일 무렵 노인은 끝도 없이 이어지던 이야기를 문득 멈추었다. 노인의 눈은 창밖을 향해 있었다.

버스는 옌 터미널로 들어섰다. 우리 세 사람은 터미널에서 제일 마지막으로 나온 승객이었다. 터미널 밖에는 마중 나온 사람들이 서 있었다. 남자 두 사람은 담배를 피우고, 여자 하나는 자전거를 타고 지나가던 남자와 인사를 나누고 있었다. 함께 터미널에서 걸어나온 우리는 이십여 미터쯤 함께 걸었는데, 노인이 갑자기 걸음을 멈추었다. 그는 기이하게도 그곳에 서서 작은 마을을 한참 바라보았다. 나와 외지인은 계속 앞으로 걸었다. 조금 후 외지인은 길가에 서서 누군가를 기다리는 듯한 젊은 여인에게 무언가를 물었고, 나는 혼자 앞으로 계속 걸었다.

4장

1

아주 오랜 시간이 흐른 뒤, 1988년 5월 8일 밤에 시작된 옛일을 다시 떠올려도 그 소녀의 이미지는 내 눈앞에 살아 있는 것처럼 생생했다. 원래 모든 광경은 훗날의 회상 속에서 훨씬 더 사실적으로 보이는 법이다. 날이 갈수록 나는 내 상상 속이 아니라 실제 내 삶 속에 그녀가 정말 있었다고 믿게 되었다. 동시에 그 모든 일이 이미 지난 일임을 분명하게 의식했고, 이제 아무것도 없다는 것을 알게 되었다. 나는 예전의 생활을 회복했다. 나는 거의 매일 밤 주택가로 가서 창문 커튼 너머의 빛을 관찰했다. 달라진 게 있다면, 대낮에도 대담하게 사람들로 가득한 거리를 활보하게 되었다는 점이다. 나는 이제 다른 사람이 나에게 지어 보이는 미소에도 위협을 느끼지 않는다. 게다가 나에게 미소

짓는 사람도 없었다.

나의 흐릿한 기억 속에 남아 있는 소녀에 관한 짧은 기억은 5월 8일에서 시작해 그 불행한 교통사고까지가 전부였다. 교통사고 이후의 사건들은 기억 속에서 달빛 없는 어두운 밤으로 변해버렸다. 시간이 흐르면서 나는, 내게 아내가 있었는데 아주 오래전에 죽은 것이라고 믿게 되었다.

그후 어느 날, 우연히도 나는 누렇게 바랜 종이를 발견했다. 종이에는 이렇게 적혀 있었다. 양류, 취츠 골목 26번지.

그날 내가 왜 책상 앞에 앉았는지는 전혀 설명할 수가 없다. 나는 몇 해 동안 한 번도 건드리지 않았던 서랍을 열었다가 그 종이를 발견했다. 종이에 적힌 내용 때문에 나는 어렴풋한 옛일을 떠올렸다. 나는 공허한 생각에 깊이 빠져들었다. 나의 눈은 창밖의 햇빛을 바라보고 있었다. 나는 그 순간의 햇빛과 내 기억 속의 모든 햇빛을 연결하기 시작했다. 그러자 잘 가꾼 화단 옆의 햇빛이 떠올랐다. 그 햇빛 속에서 한 간호사가 나를 향해 걸어왔다. 햇빛 속에서 움직이는 그녀의 입술은 무척 아름다웠다. 그녀는 나에게 양류라는 소녀의 이야기를 들려주었다. 그 순간 그 종이의 함의가 완전히 분명해졌다.

누렇게 바랜 종이가 그때 나타난 것은 분명 나를 깨우치기 위한 것이었다. 몇 년 전 상하이 한 병원의 수납창구에서 그 이름

과 주소를 받아 적었을 때는 나도 내 마음을 알지 못했다. 그야
말로 기계적인 행동이었다. 이제 종이가 나타남으로써 나는 당
시 내가 왜 그렇게 행동했는지 이해하게 되었다. 그래서 햇빛이
비치는 내 방 창가를 떠나 햇빛이 비치는 길거리에 들어섰을 때
나는 내가 어디로 가고 있는지 잘 알고 있었다.

취츠 골목 26번지의 검은 칠을 한 대문은 이미 칠이 떨어져서
얼룩덜룩해진 상태였다. 내가 대문을 두드리자 페인트가 떨어지
는 단조로운 소리가 났다. 그 소리가 이어졌다 끊기기를 한참 반
복하고 나서야 안에서 머뭇거리는 발소리가 났다. 대문이 낡아
삐거덕거리는 소리가 길게 난 후에야 오십대 남자가 내 앞에 나
타났다. 그는 나를 보고 놀란 표정을 지었다.

나는 결례를 범한 것 같아 부끄러워졌다.

남자가 말했다. "들어오시오."

남자는 나를 알고는 있었지만 내가 그 순간 그렇게 나타날 줄
은 예상 못했다는 듯 행동했다.

나는 물었다. "양류의 아버지신가요?"

남자는 직접적으로 대답하지 않고 그저 이렇게 말했다. "들어
오시오."

나는 그를 따라 문 안으로 들어섰다. 우리는 푸른 이끼가 가
득 자란 마당을 지나 남향으로 지어진 곁채로 들어갔다. 곁채에

는 오래된 의자 몇 개가 놓여 있었다. 나는 창가에 있는 의자에 앉았다. 자리에 앉는데 축축한 느낌이 났다. 그는 오랫동안 알고 지낸 사람을 보듯 나를 바라보았다. 그는 무척 침착했다. 방금 전 문이 열렸을 때부터 나는 그 사실을 눈치챘다. 그가 침착한 덕분에 나는 내가 여기 온 이유를 이야기할 수 있었다.

"따님이……"

나는 화단 옆에서 간호사가 내게 말하는 동안 입술 모양이 어땠는지 떠올리려고 애쓰면서 말을 이었다. "따님이 1988년 8월 14일에 죽었나요?"

그가 말했다. "맞습니다."

"그때 저는 상하이에 있는 어느 병원의 수술대에 누워 있었습니다. 따님이 죽은 그 병원이었죠."

나는 그에게 말했다. 나는 그가 적어도 오 분 정도는 냉정을 유지하길 바랐다. 그러면 나는 내가 당한 교통사고부터 시작해서 그의 딸이 죽기 전에 안구를 기증한 덕분에 내가 성공적으로 각막이식수술을 받았다고 말할 수 있을 것이었다.

그러나 그는 내가 계속 말하도록 내버려두지 않았다. 그가 말했다. "내 딸은 상하이에 간 적이 없소. 십칠 년을 사는 동안 단한 번도 상하이에 가본 적이 없어요."

그 순간 나는 당혹감을 감출 수 없었다. 그의 눈빛엔 의혹이 가득했다.

그는 변함없이 침착하게 나를 바라보며 말을 이었다. "하지만 그 아이가 1988년 8월 14일에 죽은 건 분명하오."

그 무더운 정오를 그는 잊을 수 없었다. 그는 양류와 마당에 앉아 점심을 먹었다. 양류가 그에게 말했다.

"피곤해요, 아빠."

그는 창백해진 딸의 얼굴을 보고는 한숨 자게 했다. 딸은 몽롱한 상태로 일어나더니 비틀거리면서 침실로 걸어갔다. 그녀는 오래전부터 가끔 몽롱해지곤 했었다. 그래서 그때도 딸이 비틀거리며 걸어가는 것에 크게 신경쓰지 않았다. 그저 마음속으로 안쓰러워했을 뿐이었다.

침실에 들어간 양류는 창문으로 그에게 말했다.

"세시 반에 깨워주세요."

그는 알았다고 대답했다. 그때 딸아이가 이렇게 혼자 중얼대는 소리를 들은 듯도 했다. "잠들었다 못 깨어날까봐 무서워요."

그는 그 말에 크게 신경쓰지 않았다. 나중에야 그는 딸이 그에게 마지막으로 한 말을 새삼 떠올리고 그 말이 무엇을 암시한 것인지 깨달았다. 딸의 목소리는 그때 이미 허허롭게 들렸었다.

그날 오후 그는 낮잠을 자지 않았다. 마당에서 줄곧 신문을 보았다. 세시 반이 되어 딸의 침실에 들어가보니 딸은 죽은 지 얼마 안 된 상태였다.

그는 내 맞은편에 있는 방을 손으로 가리키며 말했다. "양류가 죽은 곳은 바로 저깁니다."

나는 그 사실을 믿을 수 없었다. 딸을 잃은 아버지가 그런 걸로 타인에게 농담할 리는 없었다. 나는 그렇게 생각했다.

한참 침묵을 지키던 그가 나에게 물었다. "양류의 침실을 둘러보시겠소?"

그의 말에 나는 깜짝 놀랐다. 하지만 나는 그렇게 하고 싶다고 했다.

우리는 양류의 침실로 들어갔다. 그녀의 침실은 무척 어두웠다. 창문에 굳게 쳐진 풀빛 커튼이 보였다. 그가 전등을 켰다.

나는 침대맡에 놓인 액자 두 개를 보았다. 하나는 소녀의 얼굴이 찍힌 컬러사진이 담겨 있었고, 다른 하나는 젊은 남자를 연필로 그린 그림이 들어 있었다. 나는 컬러사진 앞으로 걸어갔다. 불현듯 그 소녀가 바로 몇 년 전 5월 8일 내 마음속에 들어온 소녀임을 깨달았다. 나는 한참 동안 그 컬러사진 속 소녀를 바라보았다. 몇 년 전, 내가 사는 집에 그녀가 모습을 드러냈을 때의 장면과 지금 이 순간이 겹쳐졌다. 그러자 옛일이 다시 한번 생생하게 다가왔다.

그때 그가 물었다. "내 딸의 눈빛을 보았습니까?"

나는 고개를 끄덕였다. 나는 죽은 내 아내의 눈을 보았다.

그가 다시 물었다. "딸아이의 눈빛이 당신 눈빛하고 무척 닮았다고 느끼지 않았소?"

나는 그 말을 제대로 알아듣지 못했다. 그러자 그는 유감스럽다는 듯 말했다. "사진에는 눈빛이 조금 흐릿하게 나왔죠."

그는 보충이라도 하려는 것처럼 연필 그림을 가리키면서 말했다. "아주 오래전이군요. 양류가 아직 살아 있을 때니까요. 하루는 그애가 갑자기 낯선 남자를 떠올렸습니다. 딸아이가 한 번도 본 적이 없는 사람이었지요. 하지만 날이 갈수록 그 남자는 딸아이의 상상 속에서 더욱 선명해졌습니다. 그래서 아이는 남자를 연필로 그렸지요."

연필로 그린 그림에 대한 설명을 듣고 나는 그 이야기가 나의 기억과 무척 유사하다는 사실을 깨달았다. 그래서 컬러사진의 소녀에게서 연필로 그린 그림으로 시선을 옮겼다. 그러나 거기 있는 건 내가 아니라 완전히 낯선 남자였다.

그는 나를 배웅하면서 말했다. "사실, 나는 예전부터 당신을 눈여겨보고 있었소. 당신은 강가에 있는 단층집에서 살지요. 당신의 눈빛은 우리 딸하고 완전히 똑같아요."

2

취츠 골목 26번지에서 나오자 내가 방금 겪었던 일이 갑자기 오래전 일처럼 느껴졌다. 오십대인 그 남자의 목소리를 떠올려 보았지만 다른 세상에서 들려오는 것처럼 어렴풋하기만 했다. 그래서 컬러사진 속의 소녀를 떠나는데도 나는 아무렇지도 않았다. 방금 전의 일들이 모두 예전에 이미 겪었던 일처럼 느껴졌다. 마치 우리 집 창가에 앉아 5월 8일 밤의 정경을 떠올리는 것처럼. 다른 점은, 검은 칠이 더 심하게 벗겨진 대문과 오십대의 남자 그리고 액자 두 개였다. 내 아내는 1988년 8월 14일에 죽었다. 그 말을 속으로 되뇌면서 나는 앞으로 걸어갔다.

나는 강가를 따라 걷다가 앞쪽에서 다가오는 젊은 남자에게 시선을 빼앗겼다. 검은 재킷을 입고 있었는데, 햇빛 속에서 유난히 눈에 띄었다. 왜 그에게 관심이 가는지 알 수 없었다. 나는 그가 강가에 있는 한 단층집에 들어갔다가 금세 다시 나오는 걸 지켜보았다. 그는 손에 연필과 백지 한 묶음을 들고 강 둔덕에 난 돌계단을 따라 내려가더니 다리 측벽에 장식으로 뚫어놓은 굴로 들어갔다.

이해할 수 없는 어떤 이유로 나도 강기슭으로 내려가 그 굴로 들어갔다. 그는 백지 몇 장을 땅바닥에 깔았다. 나는 그곳에 앉았다. 백지에는 몹시 복잡한 선들이 연필로 그려져 있었다. 일분 뒤 우리는 대화를 시작했다. 그때 그는 아마 내가 차분하게 그의 기나긴 이야기를 다 들을 수 있을 거라고 생각하고 말을 꺼냈을 것이다.

"1949년 초, 탄량이라는 이름을 가진 국민당 장교가 복잡한 기하학적 도형을 사용해서 옌 마을에 열 개의 시한폭탄을 묻었습니다."

그의 이야기는 1949년부터 현재까지 계속 이어졌다. 그사이 아홉 개의 폭탄이 터졌다. 그가 말했다.

"아직 폭발하지 않은 폭탄 한 개가 남아 있습니다."

그는 백지 몇 장을 들어 보이더니 말을 이었다. "그 폭탄이 묻혀 있을 만한 장소 열 곳입니다."

첫번째 장소는 지금 영화관의 9열 세번째 좌석 아래였다. 그는 말했다. "그 좌석은 좀 낡아서, 의자의 스프링이 보일 정도입니다." 나머지 아홉 곳은 각각 다음과 같았다. 은행 정문의 중앙, 주택가로 통하는 사거리 입구, 화물 부두의 기중기 부근, 병원의 영안실(그는 그 폭탄이 제일 재미가 없다고 생각했다), 백화점 입구에 있는 두번째 오동나무, 기계공장 기숙사 102호실의 주방, 버스 터미널에서 십육 미터 떨어진 길 아래, 취츠 골목 57번지 문 앞, 노동조합 클럽 무도장의 오른쪽 다섯번째 창문 아래.

그의 기나긴 이야기가 끝나자 나는 물었다.

"그렇다면 작은 마을에 열 개의 폭탄이 있는 것이나 마찬가지 아닙니까?"

"그렇습니다." 그가 고개를 끄덕였다. "게다가 언제 터질지 모르지요."

나는 방금 전 내가 왜 그에게 그토록 관심을 기울였는지 비로소 깨달았다. 그 관심 때문에 내가 지금 이곳에 앉아 있는 것이다. 그를 보니 양류의 침실에 있던 연필로 그린 그림이 떠올랐다. 그림 속 남자가 바로 내 앞에 앉아 있었다.

재앙은 피할 수 없다

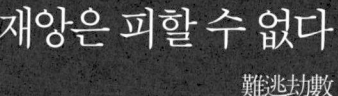

1

장맛비가 끊임없이 내리는 새벽, 골목길에 접어든 둥산은 늙은 중의사가 자신을 지켜보고 있다는 사실을 몰랐다. 그래서 얼마 동안 그는 운명이 암시한 불행을 눈치채지 못했다.

그때 둥산은 길 양쪽에 줄지어 있는 물통을 무심히 쳐다보고 있었다. 양쪽 처마에서 빗방울이 떨어지면서 작은 폭발들이 무수히 일어나고 있었다. 빗물은 이미 옷을 뚫고 그의 피부에 침입하고 있었지만 사방에서 뚝뚝 듣는 빗소리 때문에 마치 시계점 앞에 서 있는 기분이었다. 그는 자신이 골목길을 걷고 있다는 사실을 의식하지 못하고 있었다. 워낙 스스로에게 무신경한 탓에 둥산은 그날 새벽 문을 나서는 순간에도 자신에 대해 어떠한 책임감도 느끼지 못했다.

둥산은 미리 준비되어 있었던 듯 벌어진 입처럼 열린 창으로 크고 헐렁헐렁한 팬티를 보았다. 가느다란 대나무 장대에 걸린 팬티가 비바람 속에서 경망스럽게 나부꼈다. 둥산의 눈에는 그 속옷이 웅장하고 기이한 선과 선명한 붉은색을 과시하는 것처럼 보였다. 그 순간, 둥산은 자신을 둘러싸고 있던 의기소침함을 툭툭 털어냈고, 전에 없이 격한 감정을 얼굴에 드러냈다. 그렇게 둥산은 운명이 자신을 위해 정해둔 재앙의 길에 올랐다.

아주 오랜 시간이 흐른 뒤에도 사쯔는 그날 오전 둥산이 자기 방문을 열었을 때의 광경을 또렷하게 기억했다. 이불 속에 누워 있던 사쯔는 그때 둥산의 모습을 보고 크게 놀랐었다. 둥산의 붉게 달아오른 안색에서 재앙의 기미를 느꼈기 때문이다. 그는 둥산이 망가지고 난 후의 처참한 모습을 어렴풋이 보았다. 그러나 당시 그 사실을 둥산에게 알리지는 않았다. 말한다는 걸 깜빡했던 것이다.

둥산의 설명을 다 듣고 나자, 비대한 여인의 모습이 사쯔의 눈에 어른거렸다. 사쯔는 그 여자의 이름까지 정확하게 댈 수 있었다.

"루주*야."

---

* '이슬'이라는 뜻.

152

사쯔는 다시 말했다.

"그녀의 이름은 덩치와는 달리 작고 깜찍하지."

그런 다음 둥산에게 미소를 지어 보였는데 음탕한 느낌은 없었다. 둥산은 그 미소 속에 감춰진 조롱기를 알아채지 못했다.

둥산이 나간 후, 사쯔는 둥산이 그 크고 헐렁한 팬티를 보고 난 후 어떻게 했을지 정확하게 상상해냈다.

피가 끓는 듯 창가로 내달린 둥산의 눈에 더없이 추하고 비정상적으로 비대하기까지 한 여인이 들어왔다. 뜨거운 눈물이 차올라 금방이라도 질식할 것 같았던 둥산은 숲에서 큰불이라도 난 것처럼 여인을 향해 열정적으로 외쳤다.

"당신을 사랑해요!"

사쯔는 그 말을 들은 루주의 모습도 상상했다. 그는 그 비대한 여인이 놀라서 벼룩처럼 튀어오르며 어쩔 줄 몰라했을 거라는 것도 알고 있었다.

2

늙은 중의사의 눈에 그 작은 골목은 회색 허리띠 같았다. 길 양쪽의 집들은 각각 윗도리와 아랫도리로 죽은 듯이 길에 붙박여 있었다. 바로 그런 곳에 둥산이 나타났던 것이다. 그때 루주는 우체통 같은 자태로 창가에 다소곳이 앉아 있었다. 그리고 그녀의 부친인 얼굴에 검버섯이 잔뜩 핀 늙은 중의사는 늘 그녀의 머리 위에 앉아 있었다. 천장을 사이에 두고. 늙은 중의사는 그때 창문 커튼 한쪽을 들추고 골목을 훔쳐보는 중이었다. 그것은 이십 년 전에 알아낸 기술이었다. 이십 년간의 훈련을 통해 그의 훔쳐보기 기술은 최고봉에 올라 있었다. 커튼 한쪽 끝만 살짝 들추어도 맞은편 창문과, 대각선 방향의 창문을 확인할 수 있었고, 그 창문들 커튼의 무늬나 색깔이 끊임없이 바뀌는 것도 파악할 수 있었다. 창문들에 언뜻언뜻 나타나는 얼굴들의 표정만 보고도 그는 모든 사연을 알아냈다. 그 작은 골목을 오가는 모든 사람의 행동과 음성을 그는 그들을 대신하여 기억했다. 전부 어느 집에 망신살이 뻗쳤느니 하는 쑥덕거림이었다. 물론 그의 관찰 대상들이 서로 다정한 태도를 보이기도 했지만, 그가 보기에 그런 다정함은 가식에 불과했다. 이십 년간 그는 줄곧 자신의 모습을 숨긴 채 타인을 관찰할 수 있다는 더할 나위 없는 희열에 빠져 지냈다. 그 희열 때문에 그는 잠도 길게 자지 못했다.

늙은 중의사의 시야에 처음 포착되었을 때 둥산은 그저 재미없는 직사각형에 불과했다. 그는 추적추적 비가 내릴 때 왔다. 둥산이 갑자기 걸음을 멈추었을 때 늙은 중의사는 무언가 일

154

이 벌어질 거라는 걸 예감했다. 그리고 며칠 후 그는 자신이 좀 더 빨리 예감하지 못한 것에 스스로의 둔함을 매섭게 질책했다. 그때 둥산이 살짝 얼굴을 들었었는데, 중의사는 둥산의 얼굴에서 끊임없이 솟구쳐오르는 열정을 보았고, 자신의 예감이 적중할 거라는 느낌을 받았다. 갑자기 둥산의 모습이 사라졌다. 중의사는 둥산이 벌써 루주의 방 창가에 와 있다는 것을 알아차렸다. 잠시 후 그는 새벽닭이 우는 듯한 소리를 들었다.

둥산이 나타나자 놀라고 당황한 루주는 온몸을 부들부들 떨기 시작했다. 둥산의 그런 출현은 분명 그녀에게도 뜻밖의 일이었다. 하지만 그녀가 더욱 당황했던 것은 둥산의 외모가 지나치게 완벽했기 때문이었다. 그래서 그녀는 온몸을 떨었던 것이다. 온몸을 떨자 눈빛도 심하게 흔들렸다. 그러자 둥산의 얼굴도 흉하게 일그러지기 시작했다. 그녀는 모터처럼 떨리는 둥산의 입술과 그곳에서 흘러나오는 왜곡된 목소리를 어렴풋이 들었다. 비록 그의 목소리를 분명하게 듣지 못했지만 그 목소리에 담긴 의미만큼은 모두 이해할 수 있었다.

그때 참새 몇 마리가 유리창에 부딪치는 소리가 들렸다. 그 소리에 끝없이 이어지던 둥산의 말이 철저하게 분쇄되었다. 그녀는 그것이 아버지의 목소리임을 깨달았다. 아버지가 쿨럭거리며 웃고 있었다. 폐병 환자의 기침 소리 같았다. 그녀는 아버지가 이미 창가를 떠났다는 걸 알았다. 그때 늙은 중의사는 벽에 난 작은 구멍을 통해 루주를 훔쳐보고 있었다.

둥산은 한 마리 참새처럼 루주의 방 창가에 다가와서 끊임없이 지껄여댔다. 그가 주변은 아랑곳 않고 지껄이는 내내 루주는 걱정스러운 눈빛으로 둥산을 애처롭게 바라보았다. 둥산의 잘생긴 얼굴을 보니 걱정이 되었던 것이다. 처음에 둥산의 얼굴을 보았을 때는 둥산이 자신을 희롱하는 거라고 생각했다. 둥산이 구애하는 동안 그녀는 창밖에서 끊임없이 내리는 장맛비 사이로 자신과 둥산의 결혼식 장면을 보았다. 아울러 자신이 버림을 받은 후의 장면도 보았는데 그녀의 시선은 그 장면에서 떠날 줄을 몰랐다.

그때마다 그녀는 아버지의 쿨럭거리는 웃음소리를 들었다. 그 웃음소리는 아버지가 이미 루주의 마음속 불안을 알아챘다는 것을 알려주고 있었다. 이튿날 밤, 늙은 중의사는 루주의 등뒤로 슬며시 다가와 액체가 든 작은 병을 건네주었다. 깊은 생각에 빠져 있던 나머지 무심코 그 병을 받아든 루주는 그럼에도 질문하는 걸 잊지 않았다.

"이게 뭐죠?"

"네 혼수다."

늙은 중의사는 그렇게 말하곤 다시 쿨럭거리며 웃었다. 아버지의 날카로운 웃음소리 속에서 루주는 계시를 얻었다. 그러나 그녀는 더 분명한 답을 원했다. 그래서 다시 물었다.

"이게 뭔데요?"

"초산이지."

아버지의 대답을 듣고 그녀는 그 작은 병에 담긴 심각한 의미를 깨달았다. 손 안에 든 작은 병을 한참 노려보았지만 아무리 기울여도 액체의 색을 볼 수는 없었다. 망가진 둥산의 모습이 액체 위로 뭉게뭉게 떠올랐다. 너무 처참해 차마 볼 수 없었지만, 만약 그렇게 된다면 루주의 머릿속에서 맴돌던 불안은 연기처럼 사라질 것이었다. 루주는 손에 든 작은 병이 바로 자신의 행복을 보장할 물건이라는 것을 깨달았다. 그러나 그녀는 그 병 속에서 둥산의 불행만 보았을 뿐, 자신에게 닥칠 재앙은 미처 보지 못했다.

루주는 둥산에 대한 애정을 억눌러보았지만 이틀 만에 실패로 돌아가고 말았다. 사실 루주는 처음 둥산을 보았을 때부터 사랑에 빠졌다. 그러니 억누른다는 것은 그저 시늉일 뿐이었다.

이튿날 새벽, 또다시 루주의 방 창가에 온 둥산은 자신의 눈앞에 나타난 루주를 보고 깜짝 놀랐다. 훗날 그는 사쯔에게 이렇게 말했다.

"그녀는 창문에서 튀어나올 기세였어."

놀람은 순식간에 사라지고, 둥산은 자신들의 입장이 뒤바뀌었
다는 사실을 바로 깨달았다. 지금 그는 루주의 열광적인 구애에
압도된 상황이었던 것이다. 그는 결혼이 코앞에 닥쳤음을 깨달
았다. 이틀 전 시작된 장맛비는 여전히 내리고 있었다. 빗속에서
만나 비가 멎기 전에 사랑하게 되었으므로 둥산은 자신들의 사
랑이 다소 축축하다는 느낌을 받았다. 그러나 독기를 품은 안개
가 그물처럼 가로막고 있어서 둥산의 눈은 그들의 사랑이 부침
으로 가득하리라는 걸 보지 못했다.

3

올 수 있는 친구는 하나도 빠짐없이 왔다. 그들은 쓰레기 더미
처럼 둥산의 결혼식에 운집했다. 그날 썬린은 머지않아 차디찬
유치장의 시멘트 바닥에 앉게 되었을 때와 똑같은 자세로 입을
굳게 다물고 앉아 있었다. 맞은편에는 썬린의 아내가 앉았는데,
썬린 옆에 있는 한 남자가 당장 웃옷이라도 벗길 것 같은 끈끈한
눈길로 썬린의 아내를 바라보고 있었다. 아내의 시선은 달빛 아
래 나무 그림자처럼 서늘했다. 나중에 썬린은 두 사람의 눈빛을
떠올리고는 아내가 둥산의 결혼식이 끝나갈 즈음 폭발한 것이

어느 정도 짐작할 수 있는 일이었음을 깨달았다.

썬린은 침묵하고 있었으므로 둥산의 결혼식 전 과정을 일목요연하게 설명할 수 있을 만큼 제대로 지켜볼 수 있었다. 그날 밤 모든 광경을 하나도 빠짐없이 본 사람은 썬린 한 사람뿐이었다. 방관자였던 썬린은 날카로운 눈으로 그 임무를 성공적으로 완수했다. 그뿐 아니라 그는 몇 가지 일을 정확하게 예측하기까지 했다. 광포가 문 안으로 들어섰을 때, 썬린은 그가 둥산의 사촌누이인 차이데와 뭔가 일을 벌이겠구나 짐작했다. 그때 썬린은 그들과 눈만 마주쳤을 뿐이지만 그것만으로도 충분했다. 썬린은 서로 마주보는 그들의 눈빛에서 위험한 불꽃을 보았다. 뒤에 벌어진 사건들은 썬린의 예측이 정확했다는 걸 증명했다. 그때 둥산의 결혼식은 절정으로 치닫고 있었는데, 썬린은 쑥덕거리고 있는 두 사람의 그림자를 주시하고 있었다. 그들의 그림자는 얼룩덜룩한 벽에 붙어 있었다. 그들은 물속에 있는 물고기처럼 입을 뻐끔대고 있었다. 벽의 그림자는 먹장구름 같았고, 웅성웅성 떠드는 소리는 마치 파리떼에 둘러싸인 듯한 느낌을 주었다. 차이데의 낮은 신음소리가 그 소리를 뚫고 썬린의 귓가에 전해졌다. 꼭 고양이 울음소리 같았다. 그리고 탁자에 머리를 기대고 온몸을 떨고 있는 차이데가 그의 눈에 들어왔다. 그녀의 옆에 앉은 광포는 땀에 흥건하게 젖은 두 손으로 차이데를 애무하고 있었다. 짠지라도 버무리는 것처럼 차이데를 주물럭거리고 있었다. 남자아이 하나가 그들 뒤에서 까치발을 한 채 그 모습을 지켜보았다. 썬린은 그 아이의 얼굴에서 죽음의 아름다운 홍조를 보았다.

한참 세월이 흐른 뒤에도 썬린은 돼지 피라도 바른 듯 붉다 못해 검어 보였던 루주의 얼굴색과 그녀 곁에 앉은 둥산의 초조한 모습을 또렷하게 기억했다. 그는 지붕에서 떨어진 먼지가 둥산의 술잔으로 들어가던 것까지도 기억했다.

그는 둥산이 폐공기증 환자처럼 계속 숨을 헐떡이는 소리를 들었다. 그는 그 소리가 일종의 강렬한 욕망에서 비롯된 거라고 생각했다. 그래서 둥산이 이상하게도 벌떡 일어섰다가 다시 털썩 주저앉을 때는 둥산이 욕망에 시달린 나머지 더이상 참을 수 없게 된 거라고 생각했다. 그는 자리에 앉은 둥산이 초조하게 어깨로 신부를 건드리는 모습을 보았다. 신부가 고개를 돌려 쳐다보자 둥산은 그녀에게 욕정이 가득한 눈빛을 보냈다. 그러나 그녀는 눈치채지 못한 게 분명했다. 고개를 돌려버린 것이다. 그러나 곧 그녀는 큰 소리로 비명을 질렀다. 그 소리에 쑥덕거리고 있던 이들이 깜짝 놀랐다. 둥산이 그녀의 몸에서 가장 살진 곳을 꼬집은 게 분명했다. 그녀는 다시 둥산을 보았는데, 둥산의 눈빛은 이미 거리낌이 없었다. 썬린은 둥산의 눈빛과 맞은편에 있는 짝문이 관계있다는 것을 눈치챘다. 그 문은 반쯤 닫혀 있었지만, 그의 눈에는 침대 한 귀퉁이가 보였다.

그때 사쯔가 들어왔다. 그는 들어온 다음에도 빈자리에 앉지 않고 문에 등을 기댄 채 서 있었다. 그 모습이 꼭, 텅 빈 거리 모퉁이에 있는 가로등의 쓸쓸한 불빛 속에 선 키 크고 마른 사람의 그림자 같았다. 그는 사쯔의 시선이 갈래머리를 한 아가씨에게서 움직이지 못하는 것을 확인했다. 그는 사쯔의 묘한 미소를 보고 무언가를 깨달은 듯했다. 그의 예감은 곧 현실이 되었다. 그래서 며칠 후 썬린은 광포의 뼛가루를 가지고 사쯔네 대문을 두드렸을 때 그 음모를 들추어냈다. 그 순간 사쯔는 태연한 척했지만, 그는 사쯔의 불안한 마음을 한눈에 간파했다.

사쯔가 들어오기 전, 썬린은 아내의 눈에 어두운 기운이 돌 뿐 아니라 마음속에도 분노의 고통이 일렁이기 시작했다는 것을 알아차렸다. 그러나 사쯔의 음모도 간파해낸 썬린의 날카로운 눈이 아내에게만큼은 유난히도 무뎠다. 그때까지도 그는 아내의 돌연한 폭발을 예측 못하고 있었던 것이다.

둥산은 여전히 재촉하는 눈빛을 보내고 있었지만 신부는 이해하지 못했는지 멍한 표정만 짓고 있었다. 그러자 둥산이 바싹 다가가서 이를 악물고 한마디했다. 그제야 이해한 신부가 얼굴에 장난기 가득한 미소를 띠었다. 곧 둥산과 그의 신부가 함께 일어났다. 일어나면서 덤벙거리는 바람에 둥산이 의자를 차서 넘어 뜨렸다. 썬린의 예측대로 그들은 그 방으로 들어갔다. 그러나 문을 닫지 않아서 썬린은 여전히 침대 한 귀퉁이를 볼 수 있었다. 그러나 두 사람은 보이지 않았다. 그들은 다른 쪽에 있었다. 곧 문이 닫혔다.

오래지 않아 그 방에서 여러 가지 소리들이 흘러나왔다. 짝문 틈새로 빠져나오는 소리는 이를 닦는 소리 같았다. 그 여러 소리 가운데 가장 잘 들리는 소리는 침대가 삐걱대는 소리였다. 썬린은 살짝 웃으며 생각했다.

'침대가 낡았군.'

그때 웅성거리던 소리가 갑자기 멎었다. 쑥덕거리던 사람들이 꼭 몽유병 환자 같은 얼굴로 일어섰다. 썬린은 광포가 손을 들어 땀을 훔쳐내기 시작했음에 주목했다. 그러자 차이데가 탁자에 대고 있던 얼굴을 들었다. 썬린은 그녀의 얼굴에서 피로한 기색을 보았다. 남자아이도 더이상 까치발을 하지 않고, 짝문 쪽을 이상하다는 듯 쳐다봤다.

그 순간 썬린은 사쯔가 음모를 실행하는 현장을 목격했다. 다른 데 정신을 팔고 있던 아가씨 뒤로 걸어간 사쯔가 미소를 지으며 주머니에서 가위를 꺼냈다. 등불 아래 가위가 번뜩인 순간 아가씨는 갈래머리를 잃었고, 썬린은 아가씨의 머리가 중심을 잃은 것처럼 흔들리는 것을 보았다. 사쯔는 뒤로 물러나면서도 계속 미소를 잃지 않았다. 그는 문 옆까지 뒷걸음질쳤다. 그러나 곧 썬린은 아내의 곁에 앉은 사쯔를 발견했다. 사쯔가 문 옆에서 그곳까지 옮겨오는 모습은 썬린도 보지 못했다.

그때 짝문이 살짝 흔들렸다. 안에서 난 소리가 바람처럼 문을 흔든 것 같았다. 썬린에겐 그 소리가 펄펄 끓는 기름솥에서 솟아오르는 열기처럼 느껴졌다. 이어서 서로 얽혀 있는 소리들이 움직이기 시작하는 듯했다. 그 소리들은 방 안에서 한 덩어리가 되어 구르기 시작했다. 침대에서 바닥으로 떨어져 벽모서리로 굴러갔다가 벽모서리에서 침대 밑으로 구르는 것 같았다. 썬린은 두 가지 소리를 분명하게 구분할 수 있었다. 버들가지로 유리를 때리는 듯한 날카로운 소리와 큰 바위가 산비탈을 굴러내려가는 듯한 무거운 헐떡거림이었다. 그는 그 두 소리가 서로 대립하고 있다고 생각했다. 그러나 대립도 잠시, 곧 두 소리는 화해를 향해 치달았다. 마치 외길에서 만난 원수들처럼 일촉즉발의 절정으로 치닫더니 곧바로 다시 떨어져내렸다. 두 소리는 같은 배를 타고 나아가기 시작했다. 그것도 빠르게, 멀리 갔다. 그러다 어느 순간 조용해지더니 물결 없는 호수의 수면처럼 잠잠해졌다.

조금 후 방 안에서 휘파람보다 경쾌한 발소리가 울렸다. 이어서 짝문이 열렸다. 먼저 둥산이 걸어나왔는데, 웃는 얼굴이 흐물

흐물해진 사과 같았다. 그래도 그는 신랑이었다. 바로 신부가 뒤따라 나왔다. 신부의 얼굴은 이십 와트 전구처럼 밝게 빛났다. 그들은 느긋하게 원래 앉았던 자리에 앉았다. 한 번도 자리를 떠난 적이 없다는 듯 천연덕스러운 표정이었다.

광포와 차이데는 서로 마주보고 어쩔 줄 몰라하고 있었다. 썬린은 그들이 부끄러워하는 모습을 보자 기분이 좋아졌다. 그러나 그의 예상과는 달리, 두 사람은 갑자기 일어나더니 성큼성큼 입구 쪽으로 걸어갔다. 문이 열렸다가 닫혔다. 그들은 이제 그 집 안에 존재하지 않았다. 집 밖의 밤에 속해 있었다. 이어서 문이 다시 열렸다가 닫혔다. 썬린은 남자아이도 나가는 걸 확인했다. 남자아이가 나간 순간, 썬린은 남자아이의 뒤통수에서 섬뜩한 빛을 보았다.

그러나 그때 썬린의 아내가 참고 참았던 슬픔을 냉수 한 바가지를 붓듯 그에게 쏟아부었다. 그의 아내는 자동차 경적을 울리듯 엉엉 소리를 내며 울었다. 아내의 울음소리가 포탄의 연기처럼 집 안에 퍼졌다. 그녀는 썬린에게 사납게 삿대질하기 시작했다.

"인간아, 네가 언제 나한테 좋은 바지 하나 사준 적 있냐?"

그 순간 썬린의 눈앞이 하얘지며 그 위로 절망의 상장喪章이 나부꼈다. 썬린은 울화가 치밀었다. 훗날 사쯔에게 이렇게 말했던 것처럼 말이다.

"세상에 있는 좋은 바질랑 죄다 엿이나 먹으라지."

4

광포와 차이데는 한참 동안 어쩔 줄 몰라하며 서로를 바라만 보다가 단호하게 밖으로 걸어나왔다. 그리고 아주 과감하게 운명의 의지를 실현했다. 그들은 문을 나선 후 그 집의 그늘 안에 있는 나무들 사이를 지났다. 달빛 아래 나무들은 차갑고 생기 없어 보였는데 그들은 전혀 신경쓰지 않았다. 분명 불행의 조짐이었는데도. 그때 광포의 지혜는 정욕으로 인해 소멸되고 없었다. 며칠 후 인생이 끝나갈 때가 되어서야 비로소 그는 통찰력을 회복했다. 그러나 이제 그의 지혜는 말만 번지르르하고 실속 없는 것에 불과했다.

광포는 죽음 앞에서 그 장면을 다시 떠올리고 나서야 비로소 그때 자신과 차이데의 발소리에 왜 스슥 하는 소리가 끼어 있었는지 이해했다. 그 소리는 바로 남자아이의 발소리였다. 그 남자아이가 오 미터 거리를 두고 그들을 뒤쫓고 있었던 것이다. 그러나 광포가 아이를 발견한 것은 몇 분 지나서였다. 남자아이가 손전등으로 그의 눈을 비추었던 것이다. 아이는 광포의 정욕을 방해했고, 당연히 광포는 분노했다. 그리고 광포의 재앙이 눈 깜짝할 사이에 다가왔다.

그날 밤 그들은 멀리 가지 않고 문을 나서서 고작 십여 미터쯤 가서 음험하게 빛나는 수풀 위를 걷다가 엎어지듯 굴렀다. 그리고 정욕의 홍수에 떠밀려 환상의 강물 속으로 빠져들어갔다. 그리고 곧 더러운 진흙탕으로 빠져들었다. 둘 다 남자아이가 자기들 곁으로 다가오는 것을 알아채지 못했다.

남자아이의 시야에 제일 먼저 들어온 것은 시커멓고 둥그런 형체였다. 새끼 돼지 두 마리가 큰 마대 속에서 꿈틀대는 것 같았다. 그러나 손전등으로 불을 비춰보곤 그게 아니라는 것을 알았다. 눈앞에서 생생한 장면이 펼쳐지고 있었다. 그래서 그는 그 주위를 한 바퀴 돌았다. 가장 잘 보이는 자리를 고르기 위해서. 그는 대충 오른쪽에 자리를 잡고 앉았다. 그의 손전등 불빛이 이 미터가량의 어둠을 뚫고 지나가 두 사람의 얼굴을 비추었고, 그는 기형적인 두 개의 얼굴을 보았다. 그 순간 손전등에 비춰진 네 개의 눈동자가 번뜩였고 아이는 춥지도 않은데 오한을 느꼈다. 그래서 즉시 불빛을 옮긴다는 것이 그만 높게 들린 다리를 비추고 말았다. 다리는 겨울철 나무줄기 같았다. 벗겨진 나무껍질처럼 바지통이 살짝 늘어져 있었고, 제일 위에는 예쁜 붉은

색 구두가 있었다. 그렇게 보니 꼭 아침노을 같았다. 그 자세에서 다리가 부들부들 떨리고 있었다. 오래지 않아 다리는 부러지기라도 한 것처럼 갑자기 구부러지더니 곧 사라졌다. 그러나 다른 다리가 그뒤를 이어 올라왔다. 그 다리에는 아침놀 같은 붉은 구두도 신겨져 있지 않았고, 바지통이 살짝 늘어지지도 않았다. 아무것도 없었다. 그저 다리 한쪽뿐이었다. 그 다리는 무척 깔끔했다. 아이는 대리석이라도 비추는 것처럼 그 다리에 불빛을 비추었다. 아이는 불빛이 그 다리 위에서 반짝이며 흘러내리는 걸 보았다. 다른 쪽으로 불빛을 옮겨보았다. 그러자 쫙 펼쳐진 손이 눈에 들어왔다. 꼭 손바닥이 시커먼 머리에서 돋아난 것처럼 보였다. 불빛의 초점을 손에 맞추자 빛줄기가 벌린 손가락 사이로 빠져나갔다. 손이 불쑥 검은 머리로 들어가자 들풀이 곤추서듯 머리카락 한 움큼이 일어섰다. 그러다 머리칼이 다시 누웠다. 머리칼이 눕자 손도 사라졌다. 아이는 그들의 얼굴에 불빛을 비추었다. 네 개의 눈이 감긴 게 보였다. 그리고 두 입은 죽은 생선의 입처럼 힘없이 벌어져 있었다. 아이는 다시 불빛을 방금 전 허벅지가 있던 곳으로 옮겼다. 불빛은 허공을 지나 나무를 비추었다. 방금 전의 광경은 이미 사라지고 없었다. 이제 손전등 불빛 아래에는 따분하고 재미없는 몸만 드러나 있을 뿐이었다. 그래서 아이는 손전등을 껐다.

광포가 땅바닥에서 일어날 때까지도 아이는 거기 그대로 앉아 있었다. 광포는 고개를 돌려 차이데를 보았다. 그녀도 일어서는 중이었다. 그는 아이를 향해 걸어갔다. 아이는 계속 그를 지켜보고 있었다. 그 두 눈이 마치 반딧불 같았다. 아이는 꼼짝도 않고 앉아 있었다. 달빛을 받은 아이는 물을 흠뻑 뒤집어쓴 것처럼 보였다. 아이 앞에 선 광포는 잠시 아이의 몸 어디에 손을 댈지 생각했다. 결국 그는 아이의 턱을 겨냥했다. 아이의 뾰족한 턱은 그 순간 하얗게 질려 있었다. 광포는 뒤로 반걸음 물러섰다가 오른발로 아이의 턱을 세게 걸어찼다. 그는 아이의 몸이 가볍게 뒤집히면서 땅에 모로 쓰러지는 것을 지켜보았다. 광포는 옆으로 몇 걸음을 옮겼다. 이번에는 아이의 허리를 노렸다. 달빛이 아이의 어깨에서 허리로 미끄러져내려와 물고기가 튀어오르듯 다시 엉덩이로 흘러갔다. 광포는 아이의 허리에 오른발을 힘껏 내질렀다. 아이의 몸이 세차게 구르더니 땅바닥에 쭉 뻗었다. 광포는 아이의 몸을 뒤집어야 할 필요를 느꼈다. 하늘을 보고 뻗은 모습이 좋았기 때문이다. 광포는 아이의 배에 발을 대고 뒤집었다. 이제 아이는 하늘을 보고 뻗은 상태가 되었다. 아이는 눈을 크게 뜨고 있었지만 더이상 반딧불처럼 반짝이지 않았다. 이젠 꼭 외투 단추 같았다. 아이의 입에서 피가 콸콸 흘렀다. 달빛 아래서 보니 피의 색깔이 흙탕물색 같았다. 광포는 아이는 가슴에 잠시 손을 대보았다. 갈비뼈가 부러지는 소리를 듣는 것도 나쁘지 않겠다고 생각하면서 그는 발로 아이의 갈비뼈를 밟았다. 이어서 아이의 배도 밟았다. 그러고는 고개를 돌려 차이데를 보았다. 차이데는 옆에서 줄곧 지켜보고 있었다. 그는 차이데에게 말했다.

"가지."

광포와 차이데가 다시 둥산의 결혼식장에 들어섰을 때도 썬린의 아내는 여전히 큰 소리로 울부짖고 있었다. 그래서 아무도 문을 열고 들어오는 두 사람에게 신경쓰지 않았다. 그들은 아무 일도 없었다는 듯이 행동했다. 오직 썬린만이 두 사람이 밖에 나갔다 들어왔다는 사실을 알았지만 그는 그 순간 아내에게 한창 호되게 당하는 중이어서 그들에게 주의를 기울일 여유가 없었다. 그래서 차이데는 사람들의 시선에서 벗어날 수 있었다. 그녀는 태연하게 자기 자리에 가서 앉았다. 그리고 광포가 쑥덕거리는 사람들에게 다가가는 모습을 태연히 지켜보았다. 광포는 잔뜩 기쁜 표정을 짓고 있는 둥산에게 미소를 짓고 몸을 숙여 한 남자에게 무언가 얘기했다. 그녀는 광포가 무슨 말을 하는지 알아챘다.

"내가 당신 아들을 죽였소."

고개를 든 남자의 얼굴에서 차이데는 꿈꾸는 듯 몽롱한 표정을 보았다. 광포는 곧 그 남자 곁을 떠났다. 광포가 다시 차이데

곁에 앉았을 때 차이데는 광포의 몸에서 풍기는 부패의 냄새를 맡았다. 그녀는 광포보다 먼저 그의 죽음을 예감했다. 그와 동시에 차이데의 눈길은 루주를 향했다. 신기하게도 루주의 얼굴에서 방금 전 광포가 그 남자에게 다가갔을 때 지었던 표정이 보였다. 이튿날 저녁 둥산의 불행을 전해 들은 그녀는 조금도 놀라지 않았다. 그렇게 될 줄 이미 알고 있었기 때문이다.

5

둥산의 결혼식에 모인 사람들은 광풍이라도 맞은 것처럼 뿔뿔이 흩어졌다. 제일 먼저 문을 나선 것은 사쯔였다. 비틀거리며 나가는 그의 모습은 낙엽처럼 보였다. 그 뒤를 바싹 따르는 썬린의 경직된 걸음은 마른 가지를 연상시켰다. 그렇게 모두 가버렸다. 둥산은 이제 결혼식이 완전히 끝났다고 생각했다. 그래서 비틀거리며 일어나 반쯤 닫힌 문으로 걸어갔다. 그의 걸음걸이는 바람에 나풀대는 바지 같았다. 둥산은 딱히 한 일이 없는데도 마음이 뿌듯했다. 그 뿌듯함은 방금 전의 정욕 해소와 상표 없는 맥주 몇 병으로 인한 것이었다. 일어서서 방으로 걸어갈 무렵, 둥산은 루주의 존재를 거의 잊고 있었다. 어렴풋이 옆에 있는 벽에 드리운 검은 그림자만 느낄 뿐이었다. 그는 그 순간 루주의 입장에서는 결혼식이 아직 끝난 게 아니라는 것을 알지 못했다. 그걸 알았더라면, 그리고 이후 매 순간 루주를 경계했더라면 그는 자신의 머리 위에 드리워진 후 점점 커져가는 재앙을 피할 수 있었을 것이다. 그러나 이 모든 것은 그가 선택하기 전에 이미 예정되어 있었다. 둥산은 침대에 눕자마자 바로 잠에 곯아떨어졌다. 운명은 루주에게 아낌없이 기회를 베풀고 있었다.

앞서 루주는 침대가 삐걱대는 소리를 똑똑히 들었다. 그 소리는 마치 흔들리며 강물을 가로지르는 배의 노 젓는 소리처럼 점점 멀어져갔다. 루주는 그 소리에 마음이 편안해졌다. 그러고 곧바로 둥산이 코 고는 소리가 울렸다. 그 소리를 들은 루주는 마음을 굳게 먹었다. 몸을 일으키는데 자기 몸이 흔들릴 때 나는 거대한 살들의 소리가 들렸다. 그때 집 밖의 차디차고 하얀 달빛이 유리창을 흔들기 시작했다. 그 풍경은 그 순간 그녀의 심경과 똑같았다. 그녀는 앞에 놓인 의자들을 매우 조심스럽게 피해가며 걸음을 내디뎠다. 꼭 둥산의 친구들을 피해가고 있는 기분이었는데, 더는 위협적으로 느껴지지 않았다. 이제 그녀는 방 입구에 섰다. 그녀는 둥산이 모로 누운 모습을 보았다. 남자가 자고 있는 모습을 그렇게 가까이에서 본 것은 난생처음이었다. 그 때문인지 마음속에서 배수구의 물 흐르는 소리가 났다. 그러나 그 소리는 삽시간에 사라졌다. 그 소리가 계속 울렸을 때 발생할 위험을 그녀가 분명하게 의식했기 때문이었다. 그녀는 그 소리가 사실은 운명이 미리 파놓은 함정이라는 것을 이미 알고 있었다. 방금 의자들을 피해 움직였던 것처럼 이제 그녀는 물 흐르는 소리를 피했다. 그녀는 화장대 앞에 섰다. 그녀의 눈길이 작은 병에 가닿았다. 그녀는 거울에 비친 작은 병이 실제 크기보다 많이 커 보인다는 것을 깨달았다. 그 순간 서로 다른 두 가지 소리가 겹쳐 들렸다.

"그게 뭐지?"

그것은 그녀가 아버지에게 묻는 소리와 둥산이 그녀에게 묻는 소리였다. 두 소리는 종이 두 장이 하나로 붙은 것처럼 포개져 있었다.

그녀는 아버지가 했던 대답을 써먹었다.

"내 혼수예요."

그녀는 아무 의심 없이 순진한 둥산의 얼굴을 보았다. 그 순간 그녀는 자신이 하려는 일이 상상했던 것보다 훨씬 간단하리라는 걸 깨달았다. 둥산은 무방비 상태였다. 둥산의 지혜에는 문제가 있었다. 둥산의 지혜는 정욕으로 인해 깨끗이 씻겨나가고 없었다. 그래서 작은 병을 손에 든 그녀는 조금도 당황하지 않았다. 하지만 갑자기 그녀의 왼쪽 눈꺼풀이 심하게 몇 차례 떨렸다. 자신을 부추기는 욕망 탓에 그녀는 그 징조에 필요한 만큼의 주의를 기울이지 않았다. 그녀는 그 징조를 피로로 착각했다. 그래서 그후 어떠한 장애도 없이 파멸이 다가올 수 있었던 것이다.

그녀는 이미 침대 옆에 와 있었다. 오른쪽으로 모로 누워 잠든 둥산의 왼쪽 얼굴이 등불 아래 벌겋게 빛나고 있었다. 맥주 때문에 얼굴이 붉은 것이었다. 그녀는 손가락으로 둥산의 볼을 쓸어보았다. 꼭 과일의 껍질을 벗기듯이. 그런 다음 병뚜껑을 비틀어 열고 병을 둥산의 얼굴 쪽으로 가져갔다. 병이 천천히 기울어지는 게 보였다. 액체 한 방울이 처마에서 떨어지는 물방울처럼 둥산의 얼굴에 떨어졌다. 칙 소리가 들렸다. 백지를 찢는 소리처럼 아름답고 묘했다. 순간 둥산이 홱 얼굴을 돌렸고, 그가 눈을 채 뜨기도 전에 루주는 작은 병의 액체를 죄다 둥산의 얼굴에 부었다. 불꽃더미에 물을 부을 때처럼 칙칙 소리가 났다. 둥산은 침대에서 벌떡 일어나더니 극도의 공포에 사로잡혀 비명을 질러댔다. 광풍이 불어 기왓장들이 연거푸 땅에 떨어져 산산조각 날 때 나는 소리 같았다. 둥산의 크게 벌린 입은 텅 빈 동굴 같고 눈은 몹시 흉폭했다. 그의 눈을 본 루주는 춥지도 않은데 몸을 덜덜 떨었다. 그때 루주는 어렴풋이 무언가를 느꼈다. 그러나 곧 무시하고 말았다. 둥산은 침대 위에서 손발을 마구 휘저으며 날뛰다가 두 손으로 얼굴을 감싼 채 바닥에 뒹굴었다. 루주는 둥산이 타버린 피부를 진흙처럼 문질러대는 모습을 보았다. 그와 동시에 아버지의 쿨럭대는 웃음소리를 들은 것 같았다. 그 웃음소리는 지붕에서 먼지가 떨어져내리듯 나타났다. 그 정신없는 와중에 그녀는 자신의 처지를 깨달았다. 자신이 아버지의 권총 속에 든 한 발의 총알과 같다는 것을.

6

며칠 뒤, 광포는 피고석에 서서 그날의 기억을 전부 되살렸다. 그의 목소리가 법정에 울려퍼졌다. 그의 목소리는 어떤 진리를 드러내려 애쓰고 있었다. 그는 점심때 일어나서 창문 커튼을 걷었을 때 햇빛이 얼마나 눈부셨는지 설명했다. 그의 표정으로 보아 그가 다시 그날로 돌아가고 있음을 알 수 있었다. 그가 커튼을 걷자 참새 몇 마리가 허공에서 내려왔고 쩍쩍 소리도 함께 내려왔다. 그는 계속 집 안에 멍하게 처박혀 있는 것은 우둔한 짓이라는 걸 깨달았다. 그래서 집 밖으로 나갔다. 밖으로 나가는데 낯선 사람이 그에게 미소를 지었다. 큰길을 걸어가는 동안에도 그는 그 미소를 잊을 수 없었다. 그가 둥산과 마주친 게 그때였다. 둥산은 열정적인 표정으로 그에게 저녁에 있을 결혼식에 대해 말했다. 그때 광포 또한 등산 못지않은 열정을 보였다. 이어서 두 사람은 각기 가던 방향으로 걸어갔다. 동쪽으로 가던 광포는 문득 방금 전 등산의 얼굴에 어렸던 열정이 놀랍다는 생각을 했다. 그러나 자신이 방금 전 드러낸 열정 또한 다른 사람을 놀라게 만들 정도라는 생각은 미처 못했다. 그는 간단하게 요기하기 위해 분식집에 들어갔다. 연기가 모락모락 나는 고기만두가 나왔고 그제야 그의 아침식사가 시작되었다. 만두 하나에서 작은 돌이 씹히긴 했지만 그의 기분에 영향을 주지는 못했다. 분식집을 나선 후 그의 오후가 시작되었다. 우선 그는 우체국의 신문게시판 앞에서 게시된 모든 신문을 보았다. 살인에 관한 세 줄짜리 뉴스도 보았다. 그때 운명이 그에게 첫 암시를 보냈다. 그러나 그뒤에 운명이 보낸 또다른 암시와 마찬가지로, 광포에겐 쇠귀에 경 읽기였다. 그는 게시판 앞을 떠나 서쪽으로 걸어갔고, 다리에 도착했을 때 운명의 두번째 암시를 받았다. 부모의 상중에 슬피 울듯 흔들리며 다리 아래로 지나는 작은 배를 보았던 것이다. 그러나 그는 전혀 신경쓰지 않았다. 다리 위에 잠시 서 있긴 했지만, 물결이 이는 것을 보기 위해서였을 뿐이었다. 물 색깔을 보니 아스팔트 도로가 떠올랐다. 그런 생각은 따분하고 재미없었다. 그래서 그는 다리 아래로 내려가 자기 집 창문을 바라보았다. 뭔가 이상했다. 그제야 그는 자신이 한참 걸어서 집 앞에 돌아와 있다는 것을 깨달았다. 그는 방금 걸어내려왔던 계단을 다시 밟아올라갔다. 그날 오후는 집에서 빈둥거리며 시간을 보냈다. 침대에 몸을 반쯤 누인 채 창밖의 나뭇잎을 바라보았다. 그는 그 나뭇잎이 누런색이었음을 기억했다. 나뭇잎을 바라보면서 그는 끊임없이 휘파람을 불었다. 휘파람은 유쾌하다는 표현이었다. 휘파람 소리를 배경으로 흔들리는 나뭇잎은 무척 위태로워 보였다. 나중에 침대에서 벌떡 일어나 등산의 결혼식에 가려고 준비할 때 결국 나뭇잎이 떨어졌다. 느릿느릿. 분명히 운명의 세번째 암시였다. 하지만 그는 자연스럽게 또다시 무시하고 말았다. 이어서 그는 먼지가 잔뜩 앉은 계단을 통해 집 밖으로 나왔다. 그때 해가 저물었고, 저녁노을 한 줄기가 대로에 깔렸다. 그는 무척 유쾌한 걸음으로 저녁노을과 큰길 사이를 걸었다. 그 순간에는 아무 일도 없었고 나뭇잎 하나 떨어져내리지 않았다고 그는 기억했다. 그렇게 그는 등산의 집이 있는 작은 골목까지 걸어갔다. 그는 몸을 좌우로 한 번 흔들고는 골목으로 들어갔다. 그러면서 그곳에 있는 보건소를 흘낏 쳐다보았다. 보건소 창으로 주사를 맞고 있는 엉덩이가 보였다. 그러나 미처 그 엉덩이의 성별을 분간하기도 전에 지나쳤다. 그런 다음 그는 등산의 결혼식에 나타났다. 그곳에서 제일 먼저 본 게 그 남자아이였다. 그때 남자아이가 투명한 검은 눈망울로 그를 바라보았다. 남

176

자아이의 눈을 본 그는 이상한 기분에 사로잡혔다. 그는 아이를 죽이고 싶었다. 운명의 네번째 암시였다. 그러나 그는 곧 요염한 차이데에게 이끌려 그녀 곁에 가서 앉았다. 그는 그녀의 목덜미를 바라보았다. 정욕이 불타올랐다. 오래지 않아 그의 왼쪽 다리 위로 무언가가 꿈틀거리는 느낌이 들었다. 차이데가 발가락으로 작업을 걸어온 것이다. 곧 그의 두 손이 그의 불타는 정욕을 그녀에게 전하기 시작했다. 있는 힘을 다했는데도 그는 정욕이 해소되지 않는 기분이었다. 둥산의 과감한 행동이 그를 부추겼다. 그는 바로 차이데와 함께 집 밖으로 나가서 이슬이 깔린 풀밭 위를 한바탕 굴렀다. 그 남자아이의 손전등도 바로 뒤따라왔고, 그가 정욕을 배설하는 순간 나타나 그의 분노를 불러일으켰다. 그렇게 해서 그는 남자아이를 살해했다. 그는 연달아 네 번이나 운명의 암시를 알아채지 못했다. 그러나 운명의 암시는 헛된 것이었다. 운명은 그가 알아볼 수 없다는 전제하에서 암시를 보냈으니까. 이제 그는 재판정의 유리창을 통해 운명의 입가에 걸린 가식적인 미소를 보았다. 그가 오른손으로 창밖의 하늘을 가리켰다. 하늘은 허무할 정도로 푸르렀다. 그는 말했다. 저 가식적인 미소는 아무나 볼 수 있는 것이 아니라고, 곧 죽음을 맞이할 눈만이 볼 수 있는 것이라고. 그렇게 그날을 회고하면서 그는 비로소 차이데와 남자아이가 운명이 안배한 두 개의 음모였음을 깨달았다. 그는 자신이 그중의 한 가지를 피하려고 했다는 것은 알았다. 그러나 두 가지 다 피했어야 했다. 그러나 미래를 제대로 예견할 수 없었기 때문에 어차피 그는 재앙을 피할 수 없었을 것이다. 그와 차이데는 운명이 남자아이를 위해 안배한 두 가지 음모였지만 이제 남자아이가 죽었으니 그도 길은 달라도 같은 곳으로 가야 했다. 차이데는 다행스럽게도 살아남았다. 운명이 그날 차이데를 위해 장치해놓은 것은 한 가지뿐이었다. 그 순간 그는 차이데의 얼굴에서 더 두려운 것을 보았다. 그 때문에 운명이 차이데를 위해 준비한 것이 더 치명적이라는 걸 알 수 있었다. 그는 차이데에게 분명히 말했다. 운명이 그녀를 자살로 이끌 거라고. 그가 죽기 전에 한 충고를 차이데가 심각하게 받아들였다면 위험을 피할 수 있었을지도 모른다. 그러나 유감스럽게도 차이데는 그의 충고에 아랑곳하지 않았다. 그래서 그는 차이데도 재앙을 피하지 못할 거라고 생각했다. 이제 곧 관 속에 들어갈 것이지만 그는 위축되지 않았다. 다만 남자아이를 그렇게 잔인하게 죽인 것이 후회스러웠다. 그는 자신이 살해한 것이 그 남자아이가 아니라 자신의 어린 시절인 것만 같았다. 그래서 자신의 어린 시절을 목 졸라 죽인 뒤 인생을 되돌아보는 지금 그의 눈은 꼭 한 무더기 폐허를 처량하게 바라보고 있는 듯했다. 이제 그는 바랄 것이 없었다. 그저 사쯔가 자신의 뼛가루를 푸른 바다에 흩뿌려주었으면 할 뿐이었다. 그의 모든 생각은 파도에 부서질 것이고, 해가 뜨면 그가 입가에 묻은 침을 닦아버리듯 그의 인생도 사라질 터였다.

차이데는 광포가 쓸데없이 길게 늘어놓는 이야기를 무료하게 듣고 있었다. 그때 그녀는 증인석에 서서 먼눈으로 사쓰를 바라보고 있었다. 사쓰는 작은 소리도 내지 않고 이리저리 흩날리는 나뭇잎처럼 보였다. 사쓰는 빈자리에서 빈자리로 끊임없이 옮겨다녔다. 유행하는 헤어스타일을 한 여자를 찾으면 어김없이 사쓰를 볼 수 있었다. 그녀의 눈에는 사쓰의 잿빛 이마만 보였다. 그래도 사쓰의 이마는 광포의 목소리보다는 밝았다. 광포의 음성은 어둠 속에서 한 남자가 이를 가는 것처럼 들렸다. 그녀는 그 목소리에 호의가 담겨 있지 않은 데 놀랐다. 그랬기 때문에 광포가 차이데에게 충고했을 때 그녀가 그 말을 저주로 들었다 해도 그녀를 나무랄 수는 없었다. 차이데에게는 그녀의 마지막에 대한 광포의 예언이 참새가 짹짹거리는 소리로밖에 들리지 않았다. 그때 그녀는 자신의 미모에 대해 생각하고 있었다. 그녀는 이미 한 안과의사와 만나고 있었는데 광포에게는 미처 말해줄 기회가 없었다. 그 만남은 한 달 전에 시작되었다. 안과의사는 그녀의 아름다움을 더 돋보이게 만들어줄 것이었다. 의사는 그저 그녀의 눈꺼풀에 두 번 칼을 살짝 대기만 할 것이었다. 그녀는 쌍꺼풀을 얻을 것이고, 가까운 시일 내에 광포의 예언이 틀렸다는 것을 간단히 증명할 터였다. 광포가 근처에 서 있었지만 그녀는 그를 보러 갈 마음이 없었다. 차라리 살금살금 못된 짓을 하고 있는 사쯔를 보는 게 더 재미있었다. 그러나 얼마 되지 않아 그녀는 그가 사쯔가 아니라 썬린이라는 사실을 알아챘다. 썬린과 사쯔가 그 정도로 모습이 비슷했는지 지금까지는 전혀 알아차리지 못했다. 법정 입구에 이른 그녀는 앞에 가고 있는 사쯔를 보고 소리쳐 불렀는데, 그제야 그가 썬린이라는 것을 알아차렸다. 히죽거리는 썬린의 얼굴을 보고 그녀는 사쯔로 착각했다는 것에 썬린이 무척 재미있어하고 있음을 알게 됐다. 그와 동시에 그녀는 유행에 맞춰 몸매가 그대로 드러나 보이는 바지를 입은 여자들 몇 명이 앞에 걸어가고 있는 것을 보았다. 그들의 바지 엉덩이 부분이 칼로 벤 듯 찢겨 있었다. 찢긴 모양이 무척 도발적이었다. 팬티 색깔이 알록달록했던 것이다.

7

그날 밤, 썬린은 새끼손가락으로 사쯔의 대문을 밀어 열었다. 그날의 방문에 신비한 색채를 덧씌우기 위해서였다. 집에 들어선 그는 사쯔의 침대에 앉았다. 침대가 몇 차례 흔들렸다. 그는 은밀한 미소를 띠고 사쯔를 쳐다보았다. 사쯔는 이미 썬린의 방문이 예전과 다르다는 점을 눈치채고 있었다. 그래서 그는 경계하며 이 미터의 거리를 두었다. 그러나 썬린의 입에서 처음 나온 말은 광포 소식이었다. 그는 사쯔에게 탄환 한 발이 광포를 보내버렸다고 말했다. 그 탄환은 아주 작았는데, 어떤 아이가 탄피를 주워갔기 때문에 썬린은 사쯔에게 엄지손가락을 내밀 수밖에 없었다.

"이만큼 작아."

이어서 썬린은 광포의 유언을 전했다. 사쯔는 광포가 죽기 전에 남긴 부탁이 무척 까다롭게 느껴졌다. 그래도 광포의 뼛가루가 지금 어디에 있는지 진지하게 물었다. 썬린은 불룩하게 나온 웃옷 주머니 두 개를 툭툭 쳤다. 그제야 사쯔는 그가 광포를 데려왔음을 알았다. 사쯔는 십여 년이나 지난 신문지를 탁자 위에 펼쳤다. 썬린은 두 주머니를 뒤집어 뼛가루를 신문지에 쏟았다. 다 붓고 나서 썬린이 주머니를 탁탁 털자 뼛가루로 방 안이 자욱해졌다. 광포의 일부는 그렇게 영원히 사쯔의 방에 머물게 되었다. 그 순간 두 사람은 광포의 몸에서 풍기던 시큰한 땀냄새를 맡았다.

썬린은 다시 사쯔의 침대에 앉았다. 방금 전의 그 은밀한 미소가 다시 그의 입가에 떠올랐다. 썬린은 사쯔에게 차이데가 오전에 자신을 잘못 알아봤다는 이야기를 들려주었다. 사쯔는 살짝 웃음만 지었다. 그래서 썬린은 차이데의 착각은 그들의 유사성을 강력하게 암시하는 것이라고 다시 한번 강조했다. 그러나 사쯔는 바로 부정했다. 그는 그러한 유사점을 조금도 발견할 수 없었기 때문이다. 썬린은 어쩔 수 없이 사쯔가 둥산의 결혼식에서 한 짓을 들춰냈다. 그러고는 유감스럽다는 듯 말했다.

"내가 일부러 본 건 아니야."

사쯔는 크게 놀랐지만 곧바로 개의치 않는다는 듯한 미소를 지어 자신이 놀랐다는 사실을 감추었다. 하지만 부인할 준비는 되어 있지 않았다. 잠시 망설이던 그가 말했다.

"그건 내 대표작이 아니야."

"나도 알아."

썬린은 손을 내젓고는 사쯔에게 말했다. 오늘밤 자신이 온 건 사쯔의 능력을 폄하하려는 게 아니라, 솜씨를 보여달라고 청하기 위해서라고.

사쯔는 침묵으로 거절했다. 썬린은 바지 주머니에서 작은 칼을 꺼내 날카로운 칼날을 사쯔에게 겨누고는 물었다.

"봤지?"

썬린은 사쯔가 고개를 끄덕이는 것을 확인한 다음 말했다. 이미 그 작은 칼로 유행을 좇는 여자들 스무 명의 바지를 망가뜨렸다고. 멋진 바지라면 질색이었으니까. 그리고 그는 샤쯔도 자신과 같을 거라고 굳게 믿었다. 자기는 바지를 망가뜨리는 소리를 들으면 쾌감을 느끼는데, 샤쯔도 가위가 찰칵대는 소리를 들으면 마찬가지일 거라고 생각했다. 그는 샤쯔에게 가위를 들고 나가자고 부탁했다.

샤쯔는 둥산의 결혼식에서 썬린의 아내가 그렇게 떠나가라 운 이유를 이해했다. 그는 미소를 지은 다음 주머니에서 가위를 꺼내고 똑같이 물었다.

"봤지?"

"봤어."

썬린이 대답했다. 그리고 이어서 말했다.

"칼과 가위는 모양과 크기가 다르지만, 똑같이 강력해."

샤쯔는 그 말을 듣고서도 바로 대답하지 않았다. 그는 쭈그려 앉더니 침대 밑에서 큰 나무상자 두 개를 꺼냈다. 그리고 상자를 열어 썬린에게 상자 안에 가지런히 정리되어 있는 갈래머리들을 보여주었다. 그가 썬린에게 말했다. 갈래머리 하나가 실은 갈래머리 두 개를 의미한다고. 그는 줄곧 갈래머리가 있어도 한쪽만을 잘랐다고.

"다른 쪽 갈래머리는 그들이 나 대신 잘랐지."

이 얘기를 들은 썬린은 무척 부끄러워졌다. 그래서 솔직하게 자신은 아직 멀었다는 것을 인정했다.

"문제는 그게 아니야."

사쯔가 말했다. 썬린은 무슨 말인지 모르겠다는 표정을 지어 보였다. 사쯔는 분명하게 이야기해줄 수밖에 없었다. 썬린은 복수하는 사람에 불과하지만 사쯔 자신은 예술가라는 것을.

"우리의 차이점은 바로 그거야."

사쯔는 썬린이 바지를 망가뜨리는 것과 자신이 갈래머리를 자르는 것의 근본적인 동기에 대해 자세하게 분석했다. 그는 썬린이 멋진 바지를 혐오하는 것처럼 자신이 갈래머리를 혐오하는 것은 결코 아니라고 말했다. 그는 갈래머리를 볼 때마다 본능적인 충동을 느끼며, 그 충동으로 인해 갈래머리를 자르는 거라고 했다. 그의 그런 행동은 자아의 표현이라는 것이었다.

"그래서 나는 예술가야."

이어서 자신의 그런 충동을 이렇게 비유했다.

"둥산이 루주를 봤을 때 느낀 것과 같은 충동이지만 그것과는 완전히 달라. 그의 충동은 생리적인 것이지만 나의 충동은 예술적인 거거든."

둥산의 이름이 나오자 두 사람은 잠시 침묵함으로써 둥산의 외모가 망가진 데에 애도를 표했다.

썬린은 더이상 할말이 없었다. 그는 자신이 패했다는 것을, 사쯔의 말이 논리적이라는 것을 인정하지 않을 수 없었다.

사쯔는 상황이 자신에게 유리해졌음을 확인한 뒤 밖에 나가 좀 걷자고 제안하고는 광포의 뼛가루를 싸기 시작했다. 집 밖으로 나와 골목길을 벗어날 무렵 사쯔는 썬린에게 본질은 달라도 표현 형식에는 공통점이 있다면서, 그로 인해 그들의 우정이 앞으로 무척 돈독해질 거라고 말했다.

썬린은 사쯔의 말에 깊이 감동받았다. 그날 밤 그가 원한 게 바로 그것이었기 때문이다. 그는 사쯔에게 그들의 비슷한 점을 지적했는데, 그것은 그들의 우정이 크게 한 걸음 내디뎠음을 증명하기 위한 것이었다. 썬린은 만족감을 느꼈다. 그는 유쾌하게 사쯔를 따라 걸었다. 그리로 가면 작은 개천이 하나 있었다. 그때까지 그들은 운명이 그들 중 한 사람을 위해 개천가에 함정을 만들어두었음을 전혀 눈치채지 못했다.

개천에 도착한 후 썬린은 오전에 차이데가 자신을 잘못 알아본 이야기를 다시 꺼냈다. 그것은 그들의 발전된 우정을 증명하기 위한 제스처에 불과했다. 썬린이 말하는 동안 사쯔는 반짝이며 흐르는 개천에 신문지 속의 광포를 던져넣었다. 광포는 소리 없이 수면으로 떨어졌고, 신문지에 싸여 있었던 탓인지 잠시 떠 있다가 다리의 그늘 속으로 사라졌다. 사쯔의 행동에 썬린은 크게 놀랐지만 사쯔는 개천을 가리키며 담담하게 말했다.

"흘러서 바다로 나갈 거야."

작은 개천은 우여곡절 끝에 강에 이르고, 그 강은 오래지 않아 다른 강과 합쳐질 것이고, 그런 식으로 무수한 강과 만날 것이었다. 그리고 무수한 밭과 대나무 숲, 작은 마을들을 뚫고 지나 운하에 흘러들 것이고, 그 운하는 북쪽으로 올라갈 것이다. 양쯔강에 들어가면 호호탕탕 흘러 결국 큰 바다로 유입될 것이다. 썬린의 상상 속에서 마지막 순간, 짙푸른 바다가 드디어 모습을 드러냈다.

그때 경찰 몇 명이 그들 앞에 나타났다. 그들은 누가 썬린인지 확인하더니 썬린을 데려갔다. 모든 게 일사천리로 진행되었는데 양측이 모두 상황을 이해하고 있어서 말싸움할 필요가 없었기 때문이다. 썬린은 연행되면서 사쯔에게 자기 아내를 챙겨달라고 부탁했다. 썬린은 사쯔의 표정이 의기양양해지는 걸 보았다. 그는 사쯔에게 말했다.

"나는 너를 배반하지 않을 거야."

사실 그 말은 썬린의 음모였다. 나중에 밝혀진 일들을 보면 썬린의 음모가 매우 성공적이었음을 알 수 있었다. 경찰은 썬린의 그 말에 주목했다. 그래서 연달아 세 번이나 썬린을 심문했지만 썬린은 매번 흔들리지 않고 이렇게 대답했다.

"저는 사쯔를 배반하지 않습니다."

썬린은 그 말 외에는 할말이 없었다. 그러나 바로 그 말이 사쯔를 도드라지게 했다.

8

다음날 저녁 사쯔는 썬린의 부탁을 들어주고 있었다. 그의 행동은 썬린이 그를 배반했다는 것을 전혀 눈치채지 못했음을 보여주었다. 봉두난발을 한 여인이 사쯔의 눈에 들어왔다. 여자는 침대에 반쯤 누운 채 조금 전에 자신이 한 일을 음침하게 말했다.

그녀는 침대 머리맡에 있는 사발의 물을 가리키며 사쯔에게 말했다.

"쥐약을 한 사발 들이켰어요."

사쯔는 깜짝 놀라 그녀의 평소 식사량을 물었다.

"바로 저 사발로 한 대접."

사쯔는 그 대답대로라면 썬린의 아내가 분명 죽을 거라고 생각했다. 그래서 그는 바로 그녀에게 사실을 알려주었다. 그녀의 얼굴에 잠시 그늘이 졌다.

이어서 사쯔는 썬린이 머지않아 돌아올 것이라고 말했다. 그 말을 듣고 그녀는 더 번뇌했다. 그녀가 말했다.

"나는 그에게 벌을 줄 거예요."

"하지만 그때쯤이면 당신은 죽어 있을 텐데요."

쓰는 정중하게 그 사실을 그녀에게 일깨워주었다.

쓰의 말에 그녀는 어쩔 줄을 몰라했다. 그러나 금세 아무렇지 않은 듯 의기양양하게 말했다.

"나는 이미 그에게 벌을 줬어요."

쓰는 잠시 생각한 다음 그녀의 말에 동의했다. 그녀의 속마음을 꿰뚫어보았던 것이다. 그래서 그는 그녀에게 썬린이 돌아왔을 때 어떤 풍경일지 설명하기 시작했다. 그는 달뜬 마음으로 출옥하는 썬린의 모습부터 이야기하기 시작했다. 썬린은 당장 아내를 품고 싶다는 강렬한 욕망을 느낄 거예요. 그래서 한걸음에 집으로 달려오지만 문을 열고 들어오자마자 크게 놀랍니다. 아내의 몸이 썩어가고 있기 때문이지요. 썩는 냄새가 하늘을 찌를 듯합니다. 분명 썬린은 오랜 이별 뒤에 이런 식으로 상봉하게 될 줄은 몰랐겠지요. 그래서 큰 소리로 울기 시작합니다. 하루종일 울지요. 이웃 사람들이 모골이 송연해질 정도로요. 밤이 되자 비로소 그의 울음소리가 멎습니다. 그는 비통해하며 밤늦게까지 침대 옆에 앉아 있지요. 그러다가 의연하게 아내의 뒤를 따르기로 결정합니다. 곧바로 일어나서 쥐약을 찾지요. 하지만 쥐약은

188

아내가 전부 먹어버려 하나도 남아 있지 않습니다. 그래도 썬린의 결심을 가로막지는 못합니다. 썬린은 베란다로 걸어가지요. 사쯔는 여기까지 말하고는 잠시 멈추었다. 이어서 그는 썬린이 건물 아래로 투신 자살하기까지의 과정을 매우 꼼꼼하게 묘사했다. 맨 마지막에는 피가 큰길에 어떻게 흘러넘칠지를 장장 오 분에 걸쳐 이야기했다.

사쯔의 세심한 묘사에 썬린의 아내는 무척 만족했다. 그녀가 말했다.

"당신의 설명은 내가 생각하던 것과 완전히 똑같아요."

그리고 그녀는 사쯔의 묘사 가운데 사실적이지 않은 부분을 지적했다. 바로 그녀가 썩는다고 한 부분이었다. 그녀는 자신이 썩지 않을 것이라고, 썩는다 해도 냄새가 그렇게 고약하지 않을 거라고 말했다. 잠시 후 그녀가 가볍게 비명을 질렀다. 꼭 쥐가 지르는 비명 같았다. 그는 그녀가 두 손으로 위가 있는 곳을 움켜쥐는 것을 보았다. 그녀의 몸이 무척 흥미롭게 뒤틀리기 시작하더니, 가는 핏줄기가 입가에서 천천히 흘러내렸다. 썬린의 아내가 엉엉 울기 시작했다. 꼭 공장의 온갖 소음이 귓속에서 울리는 듯했다. 사쯔는 그 소음을 견딜 수가 없었다. 그래서 그녀에게 견디기가 힘들면 쥐약을 토해내라고 말했다. 그녀는 깨달음이라도 얻은 것처럼 웩웩 토하기 시작했다. 조금도 머뭇거리지 않고 시원하게. 그녀가 천천히 몸을 곧추세우자 토사물이 그녀의 몸을 양탄자처럼 덮었다. 다양하고 풍부한 토사물을 보면서 사쯔는 그녀가 최후의 만찬을 얼마나 풍성하게 먹고 마셨는지 가늠할 수 있었다. 동시에 그녀의 위가 그토록 거대하다는 사실에 경악했다. 토사물 냄새에 정신이 혼미해지는 듯했기에 사쯔는 결국 그 자리를 뜨기로 결정했다.

사쯔는 썬린의 아내가 토해낸 토사물에서 벗어난 후 차이데의 손아귀에 잡혔다. 거리로 나가 오동나무 잎이 만들어낸 그늘 아래를 걷는데 차이데가 오래 기다렸던 것처럼 그의 앞을 막고 섰다. 순간 차이데의 눈이 네 개로 보였다. 차이데의 눈꺼풀 위에 반창고로 고정된 작은 붕대 탓이었다. 차이데는 희색이 만면하여 그에게 성형수술의 경과를 알려주었다. 사쯔의 다리가 시큰해질 때까지 그녀는 쉬지 않고 수다를 떨어댔다. 결국 차이데는 닷새 후 저녁에 자기 집에 와서 붕대 제거식을 보라며 사쯔를 초대했다. 그녀는 둥산의 결혼식이 무색할 정도로 성대하게 붕대 제거식을 치를 거라고 말했다. 그리고 붕대를 가리키며 사쯔에게 말했다.

"그때 당신은 여기 감춰진 놀라운 아름다움을 발견하게 될 거예요."

9

닷새 후 저녁, 한동안 보이지 않던 등산이 소리 없이 사쯔의 대문을 밀고 들어왔다. 사쯔는 차이데의 붕대 제거식에 참석하고 막 돌아온 참이었다. 하지만 마음은 아직 붕대 제거식에 가 있는 듯 그의 얼굴은 만담이라도 듣고 있는 듯한 표정이었다.

오랜 시간이 지난 뒤에도 사쯔는 차이데가 화장대 앞에 앉아 크게 놀랄 준비를 하는 장면을 뚜렷하게 기억해낼 수 있었다. 덕분에 훗날 칙칙한 작은 방에 구류되어 있을 때 적막함을 이기는 데 도움이 되었다. 그의 회상 속에서 그 장면은 당장 눈앞에 벌어지는 일처럼 생생했다.

무료할 때 차이데의 붕대 제거식 장면을 떠올리면 그의 기분은 기뻐 어찌할 줄 모른다는 말로는 부족할 정도로 유쾌해졌다. 붕대가 제거되었을 때, 분명 감격적이었어야 할 그 장면에서 침묵이 흘렀다. 그 침묵은 꼭 음울한 하늘 같았다. 거기 있는 모든 사람들이 그 침묵의 의미를 알고 있었다. 침묵은 아주 오랫동안 이어지다 한 목소리에 의해 깨졌다. 사쯔의 대각선 쪽에서 건조하게 흘러나온 목소리에. 분명 저도 모르게 흘러나온 것이었다.

"칼자국 두 줄이군."

차이데의 성형수술이 실패했음을 효과적으로 정리해주는 말이었다. 그래서 사쯔는 그 목소리의 주인의 이미지를 기억했다. 여러 날이 흘러 사쯔가 구류에서 풀려났을 때도 그 목소리의 주인은 사쯔에게 차이데의 최후에 대해 묘사해주었다. 그 목소리가 말한 후 많은 이들이 동감하듯 속닥거렸다. 그 속닥거리는 소리 속에서 사쯔는 유쾌해지는 자신의 마음을 만족스럽게 음미했다.

차이데는 크게 놀란 게 분명했다. 그녀가 준비해온 모습, 기대하던 결과와 너무 달랐기 때문이다. 그녀의 침묵은 길었다. 차이데의 침묵 속에서 사쯔는 남의 재앙에 기뻐하며 무시무시한 절망이 어떤 것인지 이해했다. 곧 차이데는 다시 붕대를 눈꺼풀에 붙이고 아무렇지 않은 척하려고 애썼다. 하지만 그곳에 있던 이들은 그녀의 두 팔이 광풍을 맞은 고목 가지처럼 부들부들 떨리는 것을 보았다. 그녀는 자리에서 일어서더니 거드름을 피우며 미소를 지었다. 그러고는 젠체하면서 이렇게 말했다.

"뭐 그런대로 봐줄 만하네요."

그러나 목소리에는 생기가 없었다.

사쯔는 그녀의 목소리를 듣자 허공에서 처량하게 떨어지는 가을 낙엽이 떠올랐다. 그 순간 사쯔는 보았다. 차이데가 무너져내리는 것을 보았다. 차이데가 돌아섰을 때 모든 이들이 백지장 같은 그녀의 얼굴을 놀란 눈으로 쳐다보았다. 사쯔는 그 모습에서 조금 전 자신이 예감한 일이 벌어질 거라는 걸 확신했다. 차이데가 다시 말했다.

"가서도 좋아요."

그러자 사람들은 한 명씩 침착하게 입구를 향해 걸어갔다. 차이데는 그 발소리가 그들이 다시는 오지 않을 거라고 말하는 것처럼 느껴졌다. 차이데의 눈빛이 처량해지기 시작했다. 맨 마지막으로 사쯔가 걸어나갔다. 그는 나가기 전에 차이데에게 한마디를 건넸다. 초청해준 데 대한 감사의 말이었다. 차이데는 그 말을 듣고 창백한 얼굴로 웃었다. 사쯔는 문을 나선 다음 문을 닫으려고 했다. 마치 다시는 찾아오지 않을 것처럼. 문을 닫은 그는 사람들이 모두 길에 모여 있는 것을 발견했다. 그는 그 의미를 바로 이해했다. 그래서 그도 문 밖에서 발걸음을 멈추었다. 곧이어 집 안에서 무시무시한 비명 소리가 들려왔다. 차이데의 심장에 비수가 꽂히기라도 한 듯한 소리였다. 두번째 비명이 바로 이어졌다. 비수로 그녀의 폐를 가르는 듯한 그 소리는 약간 늘어졌다. 그 늘어짐 안에서 그들은 밭은기침 소리를 들었다. 그리고 세번째 비명이 울렸다. 그 소리는 약간 불분명해서 그 자리에서 분간해내기가 어려웠는데, 위나 신장을 찌르는 소리 같았다. 네번째 소리는 무척 또렷했다. 그들은 바로 비수가 간을 찌르는 장면을 떠올렸다. 간이 파열된 후 피가 줄줄 흐르는 소리가 들리는 것 같았다. 이어서 다섯번째 소리가 났다. 그들은 그녀가 자궁을 찌른 것 같은 느낌을 받았다. 분만하는 임산부의 외침 같았기 때문이다. 이어서 천지를 뒤덮을 것 같은 소리가 몰려왔다. 비수로 그녀의 몸 이곳저곳을 난자하는 것 같았다. 그들은 자리를 뜨기로 결정했다. 그들이 생각하기에 중요한 기관은 이미 다 찔렸기 때문이었다. 남은 것은 근육과 뼈뿐이었다.

그 상황을 다시 떠올리자 사쯔는 그 요란했던 붕대 제거식이 얼마나 우스웠는가 하는 생각이 들었다. 훗날 사쯔는 그 의식이 화려했다고는 인정하지 않았지만 독창적이었다는 건 인정했다. 그가 그 의식에 참가했을 때 눈에 들어온 것은 미남자 오십여 명의 목소리와 모습뿐이었다. 여자는 차이데뿐이었다. 그곳에는 갈래머리가 없었기 때문에 사쯔는 아주 오랜 시간이 흐른 뒤에도 실망감을 억누를 수 없었다. 사쯔는 차이데가 그때 얼마나 우아하게 손님을 맞았는지, 얼마나 생기 있게 그에게 말을 건넸는지, 그 도시의 아름다운 남자들을 얼마나 초대했는지 잊을 수 없었다. 차이데는 사쯔에게 오만하게 말했다. 그를 초대한 것은 지난날의 우정 때문이라고. 사쯔는 물론 그것이 차이데의 친절이라는 사실을 잘 알고 있었다. 하지만 그 친절이 실은 추악한 조롱이라는 것도 잘 알고 있었다. 그 때문에 사쯔는 그 방을 떠날 때 차이데에게 복수했다. 그는 그녀에게 말했다.

"내가 이럴 줄 알고 왔지."

10

사쯔가 귀가한 지 얼마 안 됐을 때 둥산이 대문을 밀고 들어왔다. 둥산이 올 거라고 전혀 생각지 못했던 사쯔는 둥산을 보고 자신도 모르게 비명을 질렀다. 사쯔의 비명에 둥산은 다시금 자기 얼굴이 얼마나 망가졌는지 절감했다.

사쯔의 눈에 둥산의 얼굴은 쭈글쭈글 접었다가 대충 편 종이처럼 보였다. 그는 어두운 등불 아래서 둥산의 표정을 살폈다. 그런 얼굴로 깊은 밤에 찾아왔으니 당황할 만도 했다. 그러나 그는 곧 자기 앞에 서 있는 사람이 둥산이라는 것을 알았다. 놀란 마음이 가라앉자 그 얼굴이 익숙하게 느껴졌다. 그래서 언젠가 새벽에 둥산이 방문을 열던 장면이 생생하게 떠올랐다. 그때도 둥산은 맞은편에 서 있었다. 사쯔는 둥산의 붉게 달아오른 얼굴에서 재앙의 기미를 감지했었다. 이제 그 재앙은 더이상 추상적이지 않았고 매우 구체적으로 사쯔의 눈앞에 펼쳐져 있었다. 사쯔는 그 망가진 얼굴에서 옛날의 불그레한 모습을 떠올릴 수 없었다. 대신 여전히 어두운 재앙이 보였다. 그 때문에 사쯔는 둥산이 큰 재앙을 겪었지만 아직 다 끝난 게 아니라는 걸 어렴풋이 감지했다.

둥산은 사쯔의 예상과 달리 침대에 앉지 않았다. 금방이라도 떠날 듯한 모습이었다. 얼굴이 망가져서 표정이랄 게 없었지만 눈만은 그 순간 그의 심정을 강렬하게 전달하고 있었다. 사쯔는 작은 구멍 두 개를 통해 그의 눈을 바라보는 기분이었다. 둥산의 눈이 가까이 있다는 느낌이 들지 않았던 탓에 그는 둥산의 마음 속 고통을 이해할 수 없었다. 그 고통은 둥산의 입을 통해 전해 졌다.

그는 루주에게 버림받았다고 사쯔에게 말했다.

그 사실을 증명하기 위해 둥산은 주머니에서 트럼프 카드 2장 을 꺼냈다. 그리고 사쯔에게 붉은색 하트 Q와 검정색 하트 Q를 건넸다. 사쯔는 그 카드들의 의미를 이해할 수 없었다. 그러자 둥산이 뒤쪽을 보라고 했다. 사쯔가 카드를 뒤집자 벌거벗은 미 녀 둘이 미소를 짓고 있었다. 그러나 사쯔는 관심이 없었다. 그 의 얼굴에 유감스러워하는 미소가 떠올랐다. 그가 말했다.

"아쉽게도 갈래머리가 아니네."

"그건 별로 중요하지 않아."

둥산은 손가락 하나를 내밀면서 말했다. 둥산은 썬린과는 달리 사쯔의 갈래머리에 대한 열정을 이해하지 못했다. 그에게 지금 필요한 것은 사쯔가 여자들의 신분을 확인해주는 것이었다.

사쯔가 자세하게 살핀 후 해준 대답에 둥산은 크게 실망했다. 사쯔가 말했다.

"차이데와 좀 닮았군."

그러자 둥산이 말했다. 그가 카드 두 장을 보여준 것은 그것이 루주와 관계있기 때문이라고. 그 순간 사쯔는 둥산의 망가진 얼굴 위로 비수의 그림자를 보았다. 그 조짐을 본 그는 춥지도 않은데 몸을 떨었다. 그러나 곧 그 그림자가 자신을 향한 게 아니라는 것을 깨닫고 마음을 놓았다. 둥산은 단순명쾌하게 결론을 내렸다.

"그들은 바로 루주야."

둥산이 콕 집어 말하자 사쯔는 아무 말도 하지 못했다. 상상력을 총동원했지만 아무리 봐도 루주와 벌거벗은 두 여자가 어디가 닮았다는 건지 이해하기 힘들었다. 사쯔는 솔직하게 자신의 생각을 말할 수 없었다. 둥산이 왜 그러는지 잘 알고 있었기 때문에, 말한다고 해도 소용이 없다는 걸 깨달았기 때문이었다. 사쯔는 루주가 둥산의 얼굴뿐 아니라 눈까지 망가뜨렸다는 것을 알았다. 그 순간 그는 둥산의 얼굴에 드리워진 비수의 그림자를 느꼈다. 그것은 루주의 자업자득을 예고하는 것 같았다. 그리고 방금 전에 본 조짐을, 둥산의 재앙이 아직 다 끝난 게 아니라는 것을 확인시켜주는 듯했다.

11

작은 병에 든 초산을 둥산의 얼굴에 뿌렸을 때까지만 해도 루주는 자신의 재앙이 시작된 것을 예측하지 못했다. 열흘 후 둥산은 얼굴을 붕대로 칭칭 싸맨 채 병원에서 퇴원해 집으로 돌아왔다. 루주는 예전에 창가로 들이닥친 둥산을 맞이했을 때처럼 육중한 몸을 이끌고 참새처럼 민첩하게 달려나갔다. 예전에 둥산의 눈에 비친 루주는 빛나는 여신이었다. 그녀가 달려오는 소리는 그의 감정은 끓어오르게 했었다. 하지만 그 모든 게 순식간에 사라져버렸다. 둥산의 열정은 다 타지도 못한 채 꺼지고 말았다. 지금 루주를 맞은 것은 비애로 가득한 눈빛이었다. 그 순간 둥산은 처음으로 버림받을 것임을 예감했다. 처음에 루주가 둥산의 얼굴에서 보았던 변덕을 이제는 그가 루주의 얼굴에서 보았다.

이후 둥산의 마음속에는 어둡고 메마른 우물이 생겨났다. 그는 자신이 빛을 피해 우물 속에 들어가 앉았다고 생각했다. 그는 그곳에서 거듭 생각했다. 그 생각들은 결국 루주가 멀어지고 있다는 결론으로 귀결되었다. 그때 그의 시야가 아득해지면서 루주의 모습이 사라져갔다. 그 비대한 엉덩이가 마차처럼 흔들리며 사라져갈 때, 둥산은 자신의 기억 속에서 흩날리는 선명한 붉은빛의 팬티가 갑자기 떨어지는 걸 본 것만 같았다. 떨어진 후에는 아무것도 없었다. 흩날릴 한 줌의 먼지조차도. 둥산의 생각은 여기에서 멈추지 않고 계속 뻗어갔다. 그의 시선은 다른 쪽을 향했다. 모든 과거의 나날을 뚫고 그들의 결혼식에 머물렀다. 결혼식장에서 반쯤 닫힌 그 방 안으로 미끄러져갔다. 루주가 침대에서 덩실덩실 춤을 추는 모습이 보였다. 둥산은 그때 루주가 어떤 식으로 손을 흔들었는지 곱씹어보았고, 루주의 동작이 훈련된 것임을 알아챘다. 그렇게 둥산은 그들의 결혼의 실체를 깨달았다. 둥산은 자신이 이미 오래전에 버림받았다고 생각했다. 그녀를 얻기 전에 이미 그녀에게 버림받았던 것이다. 둥산은 그동안 자기 눈앞에 있던 루주는 그저 몸뚱이에 지나지 않았으며 자신은 루주의 영혼에 들어간 적도 없었다는 걸 절실하게 깨달았다. 그 몸마저도 그의 침대에 잠시 맡겨두었던 것일 뿐 이제는 회수할 것이었다. 둥산은 곧 닥칠 일을 막을 힘이 없었다. 루주가 몸보관비를 매번 둥산이 그 몸에서 얻었던 아름다운 즐거움으로 깨끗이 정산했음을 잘 알고 있었기 때문이다.

운명은 둥산의 눈을 바꾸어놓은 후 루주도 내버려두지 않았다. 루주의 눈에는 계속 그물 모양의 이물질이 뿌옇게 꼈다. 그 증상 때문에 루주는 둥산의 눈을 오래 쳐다볼 수가 없었다. 그래서 둥산의 머리 위를 뒤덮은 어둠을 보지 못했다. 둥산은 하루종일 담장 구석에 외롭게 앉아 있었는데, 루주는 그가 과거의 용모를 그리워하는 것이라고 오해했다. 그녀가 둥산의 마음속에서 원한이 빠르게 자라나고 있다고 오해한 탓에 그녀에게 예정된 재앙은 날마다 점점 가까워졌다. 루주는 마음이 편했다. 둥산에게 버림받을 가능성을 없애버렸기 때문이었다. 이제 그녀는 있는 지혜를 총동원하기 시작했다. 즐거운 삶을 위해서. 앞으로 그녀는 둥산과 함께 책임도 나누고 기쁨도 나누면서 살아갈 생각이었다. 루주는 그런 마음으로 둥산을 얼굴을 감싸고 있는 붕대를 풀었다. 둥산의 망가진 얼굴이 드러났을 때 루주는 무척 흡족했다. 둥산의 얼굴이 자신이 상상했던 것과 정확히 일치했기 때문이었다. 그러나 둥산은 자기 얼굴을 거울에 비춰보면서 루주가 왜 그녀의 몸을 회수해가려고 하는지 분명하게 깨달았다. 그 답은 망가져버린 얼굴에 있었다. 둥산은 자신의 얼굴이 과거처럼 완벽하고 망가지지 않았다면 루주도 부랴부랴 자기 몸을 가지고 사라지지 않을 테고 어쩌면 그가 있는 이곳에 영원히 맡겨둘지도 모른다고 생각했다. 이제 이미 일어나버린 일은 피할 도리가 없었다.

붕대를 풀던 날 밤 둥산은 집을 나왔다. 맹목적인 욕망에 떠밀려 나왔던 것이다. 물론 그는 그 맹목적인 욕망이 실은 운명의 의지임을 알지 못했다. 운명은 그가 선택하기에 앞서 이미 모든 것을 안배해두고 있었다. 그는 운명이 정해놓은 궤도에 따라 움직이고 있을 뿐이었다. 얼마 지나지 않아 그는 광포의 집 문 앞에 섰다. 집 안이 칠흑처럼 어두웠지만 그는 문을 두드렸다. 자신이 문을 세게 두드리고 있다고는 전혀 생각지 않았다. 문틀에 앉았던 먼지가 뿌옇게 날렸다. 그때 문이 조금 열리더니 한 아이가 머리를 쏙 내밀었다. 그러고는 그와 아이 사이에 간단한 대화가 이어졌다. 그는 광포가 죽었다는 것을 알게 되었다. 광포가 이미 세상을 떠났다는 소식에 그는 격세지감을 느꼈다. 몸을 돌려 계단을 내려가는 자신의 발소리가 무척 낯설게 느껴졌다. 그는 그렇게 광포의 집을 떠났다. 그러나 운명이 그를 집 밖으로 이끈 것은 그 소식을 알려주기 위해서가 아니었다. 광포는 운명이 안배한 전환이자 하나의 암시일 뿐이었다. 운명이 목표로 한 사람은 다음에 나타난 사람이었다. 둥산은 그곳으로 걸어갔고 낯선 사람이 앞길을 막더니 주머니에서 나신이 그려진 카드를 꺼내 둥산에게 보여주었다. 둥산은 가로등 불빛을 빌려 벌거벗은 루주를 보았다. 그 두 장의 카드가 바로 나중에 사쯔에게 보여준 그 카드였다.

12

유치장에서 나온 썬린은 사쯔가 법을 어기고도 처벌받지 않은 것을 발견하고 실망을 금치 못했다. 그 실망감을 통해 그는 여전히 그들 사이에 거리가 있음을 분명하게 확인했다. 그날 아침 일찍 그는 새끼손가락으로 사쯔의 대문을 두드렸다. 문을 집요하게 두드리면서도 속으로는 사쯔가 집 안이 아니라 유치장 안에 있기를 바랐다. 마찬가지로 사쯔 역시 썬린이 나온 것이 그다지 유쾌하지 않았다. 그는 썬린이 유치장에 더 오래 있을 거라 생각했었다. 썬린은 사쯔의 속마음을 읽기라도 한 것처럼 의기양양하게 말했다.

"그저께 나왔어."

썬린은 사쯔의 침대에 앉은 다음 묘한 손짓으로 자기 다리 옆에 놓인 검은 여행가방을 가리켰다. 그는 사쯔가 거기에 담긴 의미를 알아맞히지 못할 거라고 말했다.

"네가 똑똑하긴 하지만."

그러자 사쯔가 썬린을 일깨워주었다.

"나는 내 지혜를 사소한 일에 쓸데없이 낭비하지 않아."

"알아."

썬린은 손을 내저었다. 그리고 그 점에 있어서는 그들이 공통

점을 가지고 있다고 말했다. 하지만 사쯔는 이렇게 대답했다.

"난 잘 모르겠는걸."

그러자 썬린은 검은 여행가방을 열고 안에서 큰 액자를 꺼냈다. 감격에 겨워 삐뚤삐뚤 쓰인 문자들이 사쯔의 눈에 들어왔다. 모든 글자가 술에 취하기라도 한 것 같았다. 사쯔가 분명히 본 것을 확인한 썬린은 액자를 다시 여행가방에 집어넣었다. 사쯔가 말했다.

"상점에서 얼마든지 살 수 있는 액자잖아."

"문제는 그게 아냐."

썬린은 다시 손을 내저었다. 그는 사쯔의 말투를 흉내냈다. 그런 다음 무척 심각한 목소리로 자기 아내가 쥐약을 먹고 자살한 과정을 들려주었다. 이야기를 다 듣고 난 사쯔는 그 과정이라면 자신이 더 잘 안다고 말했다. 썬린은 놀라지도 않고 사쯔에게 말했다.

"하지만 그녀는 죽지 않았어."

그것은 분명 사쯔가 예상치 못한 소식이었다. 썬린은 사쯔가 의문에 빠진 것을 한눈에 알아챘다. 그는 슬며시 미소를 지었다. 이어서 그는 그 액자가 쥐약을 생산한 공장에 보내는 것이라고 설명했다. 썬린은 말했다.

"세상에 그보다 더 훌륭한 공장이 어디 있겠나?"

그의 아내는 쥐약을 한 사발이나 들이켰는데도 여전히 살아 있었다.

"감사 편지를 쓰는 것만으로는 부족하지."

그것이 그가 천 리 먼 길도 마다않고 각별히 액자를 선물로 보내는 이유였다.

이야기를 다 들은 사쯔는 그것이 결코 쓸데없는 사소한 일이 아니라는 데 동의했다. 사쯔가 동의하자 썬린은 무척 기뻐했다. 그러나 사쯔는 썬린이 원한을 갚아야 할 사람에서 은혜에 감사해야 할 사람으로 전락했다고 예리하게 지적했다.

그 말을 들은 썬린은 가볍게 웃고는 호주머니에서 작은 칼을 꺼냈다. 그리고 지난번 보여주었던 그 칼이 아니라고 말했다. 그러나 똑같이 날카로웠다. 썬린은 그 칼이 사쯔의 가위처럼 마을 안에만 머물지는 않을 거라고 기세등등하게 얘기했다. 그 칼은 마을에서 천 리 떨어진 먼 곳에서 살인을 할 거고, 머지않아 사쯔는 그의 가위가 빛을 잃은 것을 발견하고 부끄러워하게 될 것이라고 말했다. 그리고 그때는 이렇게 말할 수 있을 거라고 했다.

"이 칼은 이미 네 가위와 비교할 수 없을 정도로 강력해졌어."

사쯔가 경멸하는 듯한 미소를 지었다. 그는 썬린의 과장된 말이 얼마나 무력한지 꼬집은 후 말했다. 그의 가위가 마을 안에 있는 모든 갈래머리를 자르고 나면 자연히 마을 밖으로 나가게 될 것이라고. 그러나 그에 앞서 그의 가위는 썬린의 칼처럼 큰일을 해서 공을 세우기를 좋아하지는 않는다고. 사쯔는 썬린의 칼은 바지 스무 장을 찢은 데 그쳤지만 스물이라는 숫자는 너무 약소하다고 지적했다.

"젖먹이 아이라도 그것보단 더 큰 숫자를 말할 수 있을걸."

사쯔의 답변은 물론 썬린에게 큰 충격을 주었고, 썬린은 자신이 부끄러웠다. 상처받은 썬린은 고개를 푹 숙이고는 조용히 칼을 집어넣었다. 자신의 승리를 확인한 사쯔는 그 승리에 쐐기를 박으려는 생각이 없었다. 오히려 그는 대범하게 썬린이 마을 밖을 겨냥하기로 한 구상이 쓸 만하다고 긍정적으로 평가했다. 그리고 썬린의 아이디어 덕분에 그들 사이의 우정이 한 걸음 더 발전했다고 했다. 말을 마친 그는 썬린을 향해 우정의 악수를 제안했다.

두 사람은 한참을 힘차게 악수를 한 다음 지난번처럼 집 밖으로 나왔다. 다른 점은, 이번은 새벽이고 지난번은 한밤중이었다는 것, 이번은 기차역을 향해 가지만 지난번엔 강을 향해 갔다는 것이었다. 그러나 마음은 똑같았다. 마찬가지로 재앙이 앞에서 그들 가운데 한 사람을 기다리고 있었다.

그날 새벽 그들은 둥산을 만나지 못했다. 그들이 기차역 대합실에 들어갔을 때 둥산은 막 개찰구를 지나 녹색 기차를 향해 가고 있었다. 그들이 일 분만 빨리 도착했어도 둥산을 만났을 것이다. 대합실에 들어선 그들은 둥산이 방금까지 앉아 있던 자리에 앉았다. 그들은 차이데를 만났었다. 차이데를 만난 곳은 대로가 꺾어지는 곳이었다. 차이데의 눈꺼풀에는 여전히 작은 거즈가 붙여져 있었다. 그녀는 입가에 고혹적인 미소를 띤 채 그들을 마주보고는 아무것도 보지 못한 것처럼 어깨를 스치고 지나가버렸다. 평소와는 다른 차이데의 표정에서 썬린은 무언가를 본 듯했지만 순간 생각이 나지 않았다. 썬린은 눈썹을 찌푸렸다. 썬린은 기차역 대합실에 도착할 때까지 계속 얼굴을 펴지 않았다. 그러다 갑자기 그의 얼굴이 활짝 펴졌다. 그는 사쯔에게 자신이 방금 차이데의 얼굴에서 무엇을 보았는지 얘기했다.

"광포가 죽을 때의 표정이었어."

그때 경찰이 그들 앞에 나타났다. 경찰은 누가 사쯔인지 확인한 다음 사쯔를 데리고 갔다. 며칠이 지난 후 사쯔는 자기가 잡혀갔을 때 썬린이 왜 의기양양한 표정이 지었는지 생각하다가 썬린이 자기를 팔아넘겼다는 걸 깨달았다. 썬린은 사쯔의 불운을 위해 차근차근 먼 길을 왔다. 그는 결국 사쯔도 재앙을 피하기 어렵다는 사실을 두 눈으로 직접 확인했다.

13

둥산이 떠난 그날 밤 사쯔는 곧바로 잠들지 못했다. 개 한 마리가 그의 창문 아래를 지나가면서 왕왕 두 번을 짖었다. 개 짖는 소리와 달빛이 창문을 지나 그에게 전해졌다. 개 짖는 소리가 꼭 여자의 비명 같았다. 이어진 정적 속에서 사쯔는 루주에게 큰 재앙이 닥칠 거라는 걸 예감했다.

둥산이 거리로 나왔을 때, 거리에는 아무도 없이 적막했고 가로등 불빛만 흔들리고 있었다. 그 정경이 둥산의 마음 상태를 그대로 보여주는 것 같았다. 그는 자기 발소리가 거리에 울리는 것을 들었다. 그 소리가 그의 분노를 확대시키는 것 같았다. 그 커진 분노가 그를 자기 집 입구로 이끌었다.

그가 열쇠를 구멍에 꽂고 돌리자 철컥하는 소리가 났다. 집으로 들어가 잽싸게 문을 닫자 쾅 소리가 울렸다. 그 두 가지 소리는 분명 그 순간 그의 마음을 대변하고 있었다. 그는 아직 자신이 어떤 일을 벌일지 몰랐지만 의식 깊은 곳에서는 그 두 가지 소리가 루주의 몸에서 나오는 것처럼 느껴졌다. 그의 몸이 심하게 떨렸다.

그때 칠흑 같은 어둠 속에서 루주가 코 고는 소리가 들렸다. 관능적이었던 그 소리가 이제는 매력이 없었다. 그 코 고는 소리

는 마치 번뜩이는 빛처럼 둥산의 원망을 그 집으로 끌어들이고
있었다. 그때 루주가 몸을 뒤집으면서 침대가 삐걱대는 소리가
들렸다. 침대 소리도 방금 전의 두 가지 소리처럼 억셌다. 둥산
은 그 억센 소리를 들으면서 다시 한번 몸을 떨었다.

어둠 속에 잠시 서 있던 그는 손을 뻗어 문틀에 있는 전등 스
위치를 켰고, 팟 소리와 함께 불이 들어왔다. 루주가 침대에 모
로 누워 있었다. 거대한 도자기처럼 보였다. 불이 들어오자 루
주의 몸에 말려 있는 이불에서 녹색 광선이 번뜩였다. 둥산이 다
가갔다. 그때 루주가 설핏 깨어났다. 둥산을 발견한 그녀는 더할
나위 없이 기뻐했다. 그 기쁨의 눈빛이 루주를 재앙의 손아귀에
몰아넣었다. 그 순간 둥산은 자기가 무엇을 해야 하는지 깨달았
다. 그는 루주의 몸에 덮인 이불을 거칠게 걷어냈다. 그 행동은
곧 재앙이 닥칠 것임을 여실히 보여주었다. 그러나 최근에 계속
둥산의 마음을 전혀 알아차리지 못했던 루주는 그 순간에도 아
무것도 보지 못했다. 그래서 둥산이 이불을 들췄을 때 그녀는 그
러한 거친 행동을 격정에서 비롯된 것으로 받아들였다. 그런 격
정을 결혼식 때 경험한 바 있었기 때문에 그녀는 자신도 모르게
결혼식 중간에 울렸던 아름다운 곡을 기억했다. 그녀의 얼굴이
붉어졌다.

그 순간 나신이 그려진 두 장의 카드가 둥산의 가슴에서 삐져

나왔다. 카드는 오른쪽 주머니에 들어 있었다. 그러나 등산은 꺼내서 보여줄 필요를 느끼지 못했다. 더 생생한 이미지가 침대 위에 있었기 때문이다. 그는 자기 입에서 쏟아져나오는 소리를 들었다. 그가 집에 들어온 후 네번째로 듣는 격한 소리였다. 그 소리는 비수보다 날카로웠다. 순간 그는 루주가 입은 브래지어와 반바지를 벗기려 했다. 루주는 다시 한번 등산을 오해하고 말았다. 그녀는 방금 전의 짐작이 옳았다고 생각한 것이다. 그녀는 한 치의 의심도 없이 등산이 격정을 억누르지 못하고 터져버렸다고 생각했다. 그래서 순식간에 브래지어와 반바지를 벗어던졌다. 그녀는 자신의 벌거벗은 몸에서 한없는 매력을 느꼈다. 그녀는 등산이 아무런 거리낌 없이 행동할 거라고 생각했다. 그러나 묘하게도 등산의 눈빛은 곧바로 싸늘해졌다. 방금 전의 새된 목소리가 다시 울렸다. 그녀는 목소리의 지시에 따라 침대에서 내려갔다. 이제 그녀는 등산의 앞에 서 있었다. 가슴이 무겁게 느껴졌고, 그것이 그녀를 우쭐하게 하였다. 그런데 등산은 뒷걸음질치더니 문가까지 멀어졌다. 그녀는 다시 어리둥절해졌다. 그러나 그녀는 곧 자신이 정욕으로 번들거리는 눈빛에 유린당하고 있으며 그 욕망이 금세 자신을 덮쳐올 거라고 여겼다. 그때 등산이 그녀에게 두 손을 허리에 갖다대라고 명령했다. 그녀는 시키는 대로 두 손을 허리에 올렸지만 그런 자세가 우스꽝스럽게 느껴졌다. 그래서 자기 마음대로 오른다리를 살짝 꼬았다. 그것은 치명적인 잘못이었다. 게다가 그녀는 오른다리를 살짝 꼰 다음 둥산의 주머니에 크기가 딱 맞는 검정 스페이드 Q의 뒷면이 보여주는 자세를 취했다. 잠시 후 둥산이 두 손을 머리 뒤에 대라고 다시 명령했다. 그녀는 지시대로 따랐다. 그때 그녀의 두 다리가 자신도 모르게 한곳으로 모아졌다. 그 자세는 붉은 스페이드 Q의 뒷면에 있는 모습과 일치했다. 그 순간 루주는 둥산의 무서운 눈빛을 똑똑히 보았다. 그러나 그녀는 무시했다. 무시했을 뿐 아니라 으스대면서 몸을 흔들기까지 했다. 그러자 망가진 둥산의 얼굴이 금세 타버리기라도 할 것처럼 일그러졌다. 그 순간 기괴한 소리가 들렸다. 그녀는 둥산이 자신을 향해 걸어오는 것을 보았다. 그리고 그 소리는 갈수록 또렷해졌다. 그녀는 둥산이 손에 잡히는 대로 재떨이를 드는 것을 보고 마침내 그 소리가 아버지의 쿨럭대는 웃음소리와 똑같다는 것을 깨달았다. 그녀는 그 웃음소리에 경악했다. 재떨이가 그녀의 이마를 향해 날아오고 있었다. 그녀는 재떨이가 번개처럼 하얀 획을 긋는 것을 보았다. 그녀가 비명을 지르기 전에 재떨이가 이마에 맹렬하게 와 부딪혔다. 그녀는 털썩 주저앉았고 머리를 침대에 떨구었다.

손이 닿는 대로 재떨이를 집어들고 루주의 이마를 가격한 둥산은 재떨이가 그녀의 두개골에 부딪히는 소리를 듣지 못했다.

루주가 지른 비명이 그 소리를 덮어버렸다. 둥산은 루주의 비명 소리가 개 짖는 소리 같다고 생각했다. 이어서 루주의 몸이 말린 이불처럼 바닥에 떨어졌다. 그제야 재떨이가 깨진 게 보였다. 깨진 조각이 바닥에 떨어지면서 방금 전 문을 닫을 때처럼 쾅 소리가 났다. 그러나 소리가 너무 약했던 탓에 둥산은 영 만족스럽지가 않았다. 그의 원한은 더 강렬한 소리가 나야 가라앉을 터였다. 그래서 그는 옆에 있던 의자를 집어들고 루주의 머리를 향해 세차게 휘둘렀다. 의자 다리 두 개가 부러지면서 방금 전 침대에서 났던 삐걱 소리가 다시 울렸다. 루주의 신음 소리가 들린 것과 동시에 루주의 머리가 기울면서 눈꺼풀이 살짝 떨리는 게 보였다. 그 모습을 본 둥산은 극도로 화가 치밀었다. 다른 의자를 집어들었다. 그러나 너무 가볍다고 생각해 한쪽으로 내던졌다. 그는 방 안을 두리번거렸다. 금세 옷걸이를 발견했다. 그러나 옷걸이를 집어들자마자 너무 길어서 잘 휘둘러지지 않는다는 것을 깨달았다. 그다음으로 구석에 있는 탁상용 선풍기가 눈에 들어왔다. 선풍기 날개는 이미 떨어져나가고 없었다. 그쪽으로 걸어가서 선풍기를 집어든 그는 그 정도면 충분하다고 생각했다. 그는 선풍기 하단의 받침대로 루주의 머리를 내리찍었다. 아주 묵직한 철컥 소리가 들렸다. 바로 열쇠를 돌렸을 때 나던 소리였다. 그러나 지금의 철컥 소리가 수십 배는 컸다. 루주의 머리통은 쪼개진 수박처럼 갈라져 있었다. 둥산은 갈라진 틈으로 뇌수와 피가 솟구쳐나오는 것을 보았다. 뇌수와 피가 섞여 피고름이 되어 있었다. 등불이 갈라진 틈을 비추자 머리카락 한 줌이 갈대풀처럼 속에서 자라나 있는 모습이 눈에 들어왔다.

14

둥산은 새벽녘에 그 골목으로 접어들었다. 둥산의 출현으로 늙은 중의사의 예측이 완성되었다. 그때 골목에는 이미 새벽이 내리고 있었다. 그곳으로 걸어들어오는 둥산이 늙은 중의사의 시야에 잡혔다. 둥산은 그날 처음으로 그의 시선에 포착된 사람이었다. 둥산이 오기 전에 새끼를 밴 고양이 한 마리가 비틀거리며 지나갔다. 둥산의 얼굴은 초산 때문에 제대로 알아볼 수 없었지만 늙은 중의사는 부슬부슬 비가 내리던 새벽에 처음 걸어왔던 그 젊은이라는 것을 한눈에 알아보았다. 그래서 둥산이 오는 모습을 발견했을 때 그의 심장과 두 폐는 기쁨을 주체하지 못하고 헐떡였다. 둥산은 비틀비틀 걸어와 창문 아래에서 걸음을 멈추더니 얼굴을 살짝 들었다. 늙은 중의사는 그가 과거를 회상하고 있다는 것을 깨달았다. 이어서 둥산의 그림자가 순식간에 사라졌다. 늙은 중의사는 아래층의 대문이 끼익 하는 소리를 들었다. 곧이어 문틀에서 먼지가 떨어지는 소리가 났다. 일정치 않은 발소리가 울렸다. 발소리로 늙은 중의사는 둥산이 집에 들어온 후 몇 걸음을 걸었는지, 그리고 걸음의 폭은 얼마인지 정확하게 계산해냈다. 창가를 떠나 바닥에 난 작은 구멍 위에 엎드린 그는 둥산이 아래에 있다는 것을 알아챘다.

둥산은 루주의 몸속에 있던 피가 정수리를 통해 다 쏟아져나온 것을 보고 그 방을 나왔다. 그때 그의 원망도 다 흘러나왔다. 그러자 마음속이 텅 빈 것 같았다. 거리를 한참 어슬렁거린 후에야 그는 이곳에 오기로 마음먹었다. 이미 새벽이었다. 그는 제일 먼저 모습을 드러낸 아침노을을 분명하게 보았다. 아침노을을 보자 루주의 선혈이 바닥에 흥건한 광경이 다시 떠올랐다. 이제 그는 늙은 중의사의 왼쪽 눈 아래에 서 있었다. 사방의 어두운 벽을 보자 입이 말랐다. 그 순간 그는 위에서 먼지가 떨어져내리는 듯한 소리를 들었다.

"자네, 왔군."

그 목소리를 듣자 둥산은 늙은 중의사가 자신을 오랫동안 기다리고 있었다는 생각이 들었다. 둥산은 말했다.

"루주를 죽였습니다. 그녀가 나를 버렸어요……"

그는 자신의 목소리가 맥없이 울리는 걸 들었다. 그리고 머리 위에서 낡은 신문지가 떨어지는 듯한 소리를 들었다. 늙은 중의사가 말을 꺼냈다.

"고개를 들어보게."

고개를 든 둥산은 천장에 거미줄이 잔뜩 쳐진 것만 보았을 뿐 작은 구멍은 발견하지 못했다.

"자네 얼굴이 잘 보이지 않는군."

늙은 중의사가 말했다. 그의 목소리는 한 층을 사이에 두고 있는 탓인지 멀고 아득하게 느껴졌다. 이어서 그가 둥산에게 지시를 내렸다.

"오른쪽으로 두 걸음 가서……오른손을 내밀고……전등 스위치를 만져보게…… 전등을 켜게."

둥산이 전등을 켜자 늙은 중의사가 다시 지시를 내렸다.

"방금 서 있던 곳으로 돌아가게."

둥산은 시키는 대로 방금 서 있던 곳으로 돌아갔다.

"고개를 들어보게."

둥산이 고개를 들자 전등 불빛이 그의 눈을 강하게 쩔렀다. 동시에 쿨럭거리는 웃음소리도 터져나왔다.

"루주가 훌륭하게 해냈군."

늙은 중의사는 둥산의 망가진 얼굴을 확인하고 만족한 게 분명했다. 그가 말했다.

"자네 얼굴이 누덕누덕 기운 반바지 같군."

그다음 순간 둥산은 늙은 중의사가 의자를 옮기는 듯한 소리를 들었다. 이어서 위층에서 쇠붙이가 유리와 부딪치는 듯한 실낱같은 소리가 들려왔다. 그 소리에는 물방울이 떨어지는 소리도 섞여 있었다. 잠시 후 계단 위에 있는 문이 상심한 듯 삐걱대면서 열리는 소리가 들렸다. 그다음 계단 위에 유리병을 놓는 듯한 둔탁한 소리가 들렸다. 이어서 문이 다시 삐걱 소리를 내면서 닫혔다. 늙은 중의사의 목소리가 들렸다.

"혀로 입술을 축이는 걸 보니 물이 필요한가보군. 가져가게. 계단에 있네."

둥산은 어두운 계단을 올라갔다. 계단은 금방이라도 무너질 것처럼 삐걱거렸다. 마지막 계단에서 둥산은 낡고 이상하게 생긴 유리잔을 발견했다. 그는 그 유리잔을 집어들었다. 잔 안에서 물이 찰랑이는 소리를 듣고 둥산은 무척 감동했다. 그는 물의 색깔도 살펴보지 않고 단숨에 마셔버렸다. 그리고 물맛이 잔의 모양만큼이나 이상하다고 생각했다. 그런 다음 한 걸음 한 걸음 아래층으로 걸어내려왔다. 계단을 내려오면서 그는 논쟁을 허락지 않는 늙은 중의사의 목소리를 들었다. 방금 전의 그 아득한 목소리에 익숙해지기 시작한 둥산은 확고부동한 목소리에 다소 당황했다. 늙은 중의사가 말했다.

"이제 가도 좋네. 골목 입구에 도착하면 오른쪽으로 돌게. 이십 분쯤 걸으면 사거리에 도착할 거야. 그러면 왼쪽으로 가야 하네. 그다음 쭉 앞으로 가게. 가는 길에 누구하고도 말을 섞지 말게. 자네를 알아보는 사람은 없을 걸세. 별일 없이 기차역에 들어간다면 수월하게 기차표를 살 수 있을 거야. 남쪽도 좋고 북쪽도 좋네. 천 리 밖으로 가게. 그리고 다시 새로운 생활을 시작하는 거야. 젊은이, 이제 가도 좋아."

15

그날 밤 차이데는 기나긴 절망 끝에 결국 자신에게 예정된 미래를 선택했다. 그녀는 건넛집의 구식 괘종시계가 세 번 울리는 소리를 들었다. 시계 소리가 은은하게 울리면서 그녀의 고통을 가라앉혀주었다. 그리고 비계는 철거되었지만 아직은 사용할 수 있는 상태가 아닌 건물이 눈앞에 생생하게 떠올랐다. 그녀는 그 환상의 건물 속에서 평온하게 잠들었다.

아침 일찍 일어난 그녀는 이상하게도 기분이 좋았다. 화장대 앞에 앉자 바깥의 햇살이 유리창을 통해 거울을 비추었다. 그래서 거울 속 자신의 얼굴이 빛나는 것처럼 느껴졌다. 그러나 동시에 낯선 눈이 자신을 응시하고 있다는 느낌을 받았다. 그녀는 창가로 가서 창문을 열었다. 축축한 바깥 공기가 들어오자 커튼이 가볍게 흔들렸다. 그 무미건조한 풍경에 웃음이 나왔다. 그녀는 자신의 그런 반응이 또다시 이상하게 여겨졌다. 그러나 그런 기분은 계속되지 않았다. 그녀가 집 밖으로 나가 문을 닫았을 때 그 이상한 기분은 집 안에 남았다. 그랬기 때문에 광포가 임종하면서 예언했던 일은 아무 장애가 없는 가운데 실현되었다.

작은 골목으로 접어들었을 때만 해도 차이데는 그러한 기분이 사실은 운명의 음험한 안배라는 것을 알 방법이 없었다. 그래서 자신이 파멸을 향해 치닫고 있음을 깨달았을 때도 전혀 공포를 느끼지 않았다. 거꾸로 그녀는 만족감을 느꼈다. 차이데는 모든 걱정과 근심이 멀리 사라지고 자신이 영원한 평온을 향해 가고 있다고 생각했다. 운명은 그날 아침 일찍 그녀를 위해 그런 기분을 만들어주고, 차이데가 파멸을 향해 가는 데 장애물이 되는 것은 전부 깨끗이 제거해두었던 것이다.

차이데는 작은 골목을 벗어나면서 마지막 생명의 이미지를 보았다. 자전거 한 대가 전봇대에 비스듬히 기대어져 있고, 그 바퀴에 햇빛이 내리쬐는 풍경이었다. 녹슨 바퀴들을 보자 순간 햇빛도 녹슨 것 같은 느낌이 들었다. 그 마지막 생명의 이미지는 이후 한 시간 동안 시종 차이데를 따라다녔다.

차이데는 사람을 홀리는 미소를 입가에 띤 채 작은 골목을 나섰다. 그러고는 오른쪽으로 갔다. 그런 다음 인도 위를 걸었다. 길가 오동나무 아래에는 잔뜩 그늘이 져 있었다. 그 그늘을 보자 다시 녹슨 것 같은 느낌을 받았다. 그녀는 옆에 있는 대로가 강물이고 자신은 강가를 걷고 있다고 생각했다. 몇 사람의 시선이 자기를 향해 쏟아지는 게 느껴졌다. 그런데 그들의 시선도 녹이 슨 것 같았다. 그녀는 그렇게 은행, 잡화점, 영화관, 치과, 미용실 등을 지나쳤고 음식점의 메뉴판을 보기도 했다. 그리고 지난밤 시계 소리와 함께 나타났던 그 건물 앞에 도착했다. 그녀는 몸을 돌려 바로 들어갔다. 그 순간에도 그녀의 입가에 걸린 미소는 여전히 고혹적이었다. 그녀는 계단을 오르기 시작했다. 계단이 사라질 때까지 계속 걸었다. 텅 빈 강당이 눈앞에 나타났다. 페인트로 얼룩진 강당의 유리창이 보였다. 그 때문에 골목에서 보았던 녹슨 이미지가 생생해졌다. 그녀는 열린 창문 쪽으로 똑바로 걸어갔다. 그리고 창문 앞에 서서 마을을 내려다보았다. 들쭉날쭉한 건물들과 지렁이처럼 이어진 길, 그리고 그 안에서 기생하고 있는 나무들이 눈앞에 펼쳐졌다. 그녀에게는 그 모든 것들이 녹슨 것처럼 보였다. 온 세상이 녹슨 것처럼 느껴졌다. 창으로 기어올라갔을 때도 광포가 재판정에서 허풍 떨던 소리가 녹슨 것처럼 들려왔다.

며칠 후 차가운 유치장 바닥에 앉아 무료해하던 사쯔는 기분 전환 삼아 길에서 차이데를 만났을 때를 떠올렸다. 그러면서 창문이라 불리는 작은 구멍을 응시하고 있는데 고혹적인 미소를 띤 차이데가 나타났다. 그때 누군가가 그에게 차이데의 죽음을 알렸지만 그는 이미 알고 있었다. 그래서 그는 만족스러운 미소를 지었다.

오랜 시간이 흐른 후, 그날 차이데를 보았던 사람은 당시의 장면을 떠올리면서 격한 반응을 보였다. 그때는 사쯔도 유치장에서 나온 뒤였다. 열여섯 살짜리 소년이 눈물을 글썽이며 사쯔에게 말했다.

"그 여자는 정말 예뻤어요."

차이데가 붕대 제거식을 열었을 때 "칼자국 두 줄"을 지적한 남자는 잡화점 입구에서 걸어오는 차이데를 보았다. 그는 훗날 사쯔에게 이렇게 말했다.

"그녀는 정말 눈부셨어."

그러나 사쯔의 할머니, 여든 살이 된 노인의 생각은 달랐다. 그녀는 쌀집에서 차이데를 보았다고 말했다. 사실 그녀가 차이데를 본 곳은 영화관이었다. 쌀집이 영화관으로 바뀐 지 사십 년이 훌쩍 넘었다. 노인은 요괴를 보았다며 고층 건물에서 뛰어내려 자살할 여자라고 잘라 말했다. 훗날 그 장면을 회상하면서도 노인

재앙은 피할 수 없다 219

은 여전히 불안해했다. 그녀는 사쯔에게 말했다.

"그 여자 눈에서 녹색 광선이 나오고 있었어."

사쯔는 자기 할머니가 영화관 앞에서 본 젊은 여자가 차이데가 맞다고 확신했다. 근거 없는 판단은 아니었다. 그의 먼 친척 누이도 그곳에서 차이데를 보았기 때문이다. 그의 친척 누이는 그날을 떠올리면서 다른 사람처럼 동요하지 않았다. 그녀는 사쯔에게 무척 냉정하게 말했다.

"그들은 허풍이 심해요."

사쯔의 친척 누이는 그날 차이데가 지나간 길을 걷고 있었다. 그녀는 미용실 앞에서 광고를 보느라 잠시 걸음을 멈추었다가 차이데가 건물에서 뛰어내리는 장면을 목격했다.

그녀는 차이데가 망가진 자루처럼 머리부터 떨어졌다고 사쯔에게 말했다. 차이데의 머리가 전봇대 꼭대기에 먼저 부딪친 순간 그녀는 계란이 깨지는 듯한 소리를 들었다. 그런 다음 차이데의 몸이 다섯 줄짜리 전선에 떨어지더니 좌우로 한참을 흔들렸다. 머리에서 얼마 남지 않은 피가 한 방울씩 떨어질 때까지도 차이데는 여전히 흔들리고 있었다.

16

　여러 날이 흐른 뒤, 둥산은 우연히 썬린을 만났다. 둥산은 그날 아침 일찍 늙은 중의사의 지시대로 북쪽으로 가는 기차에 올랐었다. 그는 기차에서 1박 2일 동안 잤다. 기차에서 내릴 때는 식은땀에 온몸이 흠뻑 젖어 있었다. 그는 다시 사흘을 무기력하게 보냈다. 그러고 나서야 몸이 천천히 회복되기 시작했다. 큰 병을 앓고 난 것 같았다. 그날 새벽의 풍경을 떠올리고서야 비로소 그는 그 늙은 중의사가 그에게 마시게 한 것이 무엇인지 깨달았다. 그후 그는 영원히 성불구가 되었기 때문이다. 구차하게 생명을 부지한다 해도 그는 남자 구실을 할 수 없을 것이었다.

　썬린이 나타났을 때 둥산은 천 리 밖에 위치한 한 작은 마을의 길가에 앉아 있었다. 그의 새로운 생활은 굶주림과 추위로 시작되었다. 썬린은 둥산의 앞을 지나갔지만 그를 보지 못했다. 둥산은 썬린이 검은 여행가방을 메고 기차역으로 들어가는 모습을 보았다. 그는 썬린이 유치장에서 나오는 길이라는 것은 몰랐지만, 이제 썬린이 돌아가려 한다는 것은 알았다.

지은이 **위화**
1960년 중국 저장 성 항저우에서 태어났다. 1983년 단편소설 「첫번째 기숙사」를 발표하면서 소설가의 길에 들어선 위화는 「세상사는 연기와 같다」 등 실험성 강한 중단편을 잇달아 내놓으며 중국 제3세대 문학을 대표하는 작가로 주목받기 시작했다. 이후 첫 장편소설 『가랑비 속의 외침』으로 새로운 글쓰기를 선보인 위화는 두번째 장편소설 『인생』이 장이머우 감독에 의해 영화화되어 칸 영화제 황금종려상을 수상하면서 세계적인 작가로 부상했다. 1996년 출간한 『허삼관 매혈기』로 세계 문단의 극찬을 받았으며, 이후 장편소설 『형제』로 또다시 세계적인 반향을 불러일으켰다. 2013년에는 장편소설 『제7일』을 발표했다. 이탈리아의 그린차네 카보우르 문학상, 중국 작가 최초로 제임스 조이스 기금, 미국 반스 앤 노블의 신인작가상과 프랑스 문학예술 훈장, 중화도서특별공로상, 프랑스 쿠리에 앵테르나시오날 해외도서상 등을 수상했다.

옮긴이 **조성웅**
한국외대 중국어과를 졸업했다. 몇 권의 중국 관련서를 기획 편집했으며, 현재 출판편집자로 일하며 중국소설 번역을 하고 있다. 옮긴 책으로 『무더운 여름』 『4월 3일 사건』 『화장실에 관하여』 『중국의 색』 등이 있다.

문학동네 세계문학
재앙은 피할 수 없다

1판 1쇄 2013년 10월 28일 | 1판 2쇄 2016년 5월 31일

지은이 위화 | 옮긴이 조성웅 | 펴낸이 염현숙
편집 박인숙 김경미 오영나 | 디자인 이승욱 이원경 | 저작권 한문숙 박혜연 김지영
마케팅 정민호 이미진 정진아 | 홍보 김희숙 김상만 이천희
제작 강신은 김동욱 임현식 | 제작처 영신사(인쇄) 경일제책사(제본)

펴낸곳 (주)문학동네
출판등록 1993년 10월 22일 제406-2003-000045호
주소 10881 경기도 파주시 회동길 210
전자우편 editor@munhak.com | 대표전화 031) 955-8888 | 팩스 031) 955-8855
문의전화 031) 955-1927(마케팅) 031) 955-2699(편집)
문학동네카페 http://cafe.naver.com/mhdn | 트위터 @munhakdongne

ISBN 978-89-546-2253-0 03820

www.munhak.com